你在

校園貓的故事

你在——校園貓的故事

作者： 　張婉雯
責任編輯： 羅國洪
裝幀設計： Deep Workshop

出版： 　匯智出版有限公司
　　　　　香港九龍尖沙咀赫德道2A首邦行803室
　　　　　電話：2390 0605 | 傳真：2142 3161
　　　　　網址：http://www.ip.com.hk

發行： 　香港聯合書刊物流有限公司
　　　　　香港新界大埔汀麗路36號中華商務印刷大廈3字樓
　　　　　電話：2150 2100 | 傳真：2407 3062

印刷： 　陽光（彩美）印刷有限公司

版次： 　2020年7月初版

國際書號： 978-988-74436-8-1

目錄

你
在

3

講貓也講人

講貓的書很多，講得七情上面、入心入肺，令人感美感甜的也不少。但讀多了，有時也會膩。

婉雯說：我寫一本貓書。我說：唉！還有甚麼好寫的？

愛，特別是愛得深，有時會無話可說。愛，愛得痛，就有話非說不可。原來，婉雯有話非說不可。

流浪貓，通常每隻都有可憐的遭遇，身世淒涼不在話下，故事也差不多悲慘，就但憑天意，遇上淑人還是遭逢毒人，結局不同罷了。

其實，人類生於今世，何嘗不似流浪貓？「身邊其實有一個又

一個微小世界在靜默地運行著。其中一個，是屬於貓們的。」我們各自在自己營造的小世界中流浪，小世界又困在宇宙中流浪，且看不同的命，遇上祝福還是咒詛。

有心人憐惜貓，把牠們當成地球村的一分子，還牠們一個生存權利。在風中雨中，在忙中閒中，去為流浪貓安排續命求生，儘管貓不一定領情。有心人也憐惜自己人類，揭露在高速文明發展下出現有害的、病態的玷污，去尋覓安身立命之所，盼望人類活在一個仁愛世界中，儘管人類不一定領情。

讀一本講貓的書，讀得那麼沉重，真要命！

相信，婉雯會原諒我。相信，讀者在書中，比我讀得更多感受。

小思

2009年6月16日

初版序

　　在書架上，「動物文學」總歸入「兒童文學」類；而人的情感世界，又會把某些人對動物之情，歸入「非理性」、「幼稚」、「輕俏」的情感。城市人對動物，以至大自然，是陌生的，許多人以為家有動物只是消閒的玩意，或是「不生孩子」的替代；照顧流浪動物更是「貓癡」，是自討苦吃。

　　可是，作家如台灣的劉克襄、大陸的沈石溪、日本的椋鳩十等，仍孜孜不倦地描寫動物種種。他們的作品如一道弱水，滋潤文學世界的版圖，令人歡笑，讓人流淚；當中的反思與感慨，又是否如一般人所想，與人類的理智情感截然不同？

　　在現實世界中，也有不少人東奔西走，爭取動物應有的尊嚴與權利，他們或照顧街上流浪動物，或請願遊行要求政策更新。也

許有人認為這些都是偏激的行為；但其實，我們今天坐享其成的許多權益，例如婦女不用紮腳、黑人有投票權等，正是當初一群「偏激」的前行者爭取得來的。

我深深相信，人與動物其實坐在同一條船上；他們的遭遇，就是人類社會的倒影。一個動物處境差劣的地方，其人權狀況、人的生活質素也不會好到哪裡去。香港，就是典型的例子。在流浪動物被無辜處死的同時，香港人過的，是「必須成功」的生活；住必豪宅，讀必名校，舊的必須剷除，弱的必須變強。我們不接受自己失敗，自然沒有包容異類的勇氣與胸襟。

人，並非存心與動物過不去，而是對自己沒有足夠的反省。

所以，這幾年，我投身動物權益工作，並不覺得自己是「幫助」動物。相反，是動物「幫助」我更了解自己，更了解人類。是他們擴闊了我的世界，以他們的血與淚，以他們的靜默與堅強。

平時，提到動物的種種，我總捺不住衝動、激昂、心焦。是貓們讓我提筆嘗試自己從未試過的題材，也給我一個在激動過後看清自己的機會。我願意以最謙卑的心情，把這本書獻給我的動物老師與朋友，也獻給關心生命、尊重生命的讀者。

再版序

　　本書初版名為《我跟流浪貓學到的十六堂課》，2009年由青桐社出版。今有幸再版，翻看舊作，刪去一些現在看來冗贅的段落，和略嫌說教的部分；又增加了初版成書後所寫的文章約一萬字。這個修訂過程，不免反映了自己心境的轉變。

　　若由2006年遊行計起，我參與動物權益工作，已逾十年；由當初一腔濟世的激情，逐漸認識到自己的渺小；由當時青春年少，至今日中年情懷。是動物陪伴了我，改變了我，而我終究並沒能讓牠們的生活改善多少。

　　我的本行是文學。若說文學可陶冶性情，似覺老套，卻又真實；至少，我是如此相信。希望此書之再面世，能讓讀者對動物之處境，與城市之實況，思考一二，那就是我能為動物作的，最大的

貢獻了。

又，是次再版承蒙Joey Kwok慷慨借出相片，小思老師與龔立人教授答允重刊初版之序文與跋，至深銘感，一併致謝。

2020年初夏

二零零九年，春

我與校園貓的相遇，像是偶然又像是命定——那是一個特定的場面，特定的時空；以前、之後，都不會出現。然而，我老是挑偏僻的地方走。誰知道，在另一個不起眼的角落，我會不會遇上另一群貓們，由他們告訴我生命的另一些事情？

第一次碰上貓家族成員，是暮春三月的早上。我獨個兒走在校園中——應該說，遠處，校園的中心，四處都是人，而我獨自走在平台的邊陲上。年輕的熱鬧早已離我遠去；右邊是校園的圍牆，不高，可以看見牆外的樹、城市中山巒似的高樓，和巨型廣告板。牆內是一道寬闊的階梯，據說是專為拍團體畢業照用的——所以，大部分時候，沒有人經過這裡，也沒有人記得這裡。

階梯下接平地，地上放滿了各類植物。這裡是校園更換佈置時暫存盆栽的僻靜角落。

我沒有留意這些風景，直至一道黑影掠過眼底；我眨眨眼睛，一個小東西就在我眼前鑽進花盆佈成的迷陣裡去了。

起初，我懷疑是老鼠。老鼠這回事，就像鬼魂一樣，看不見，就當作不存在──文明社會中怎可能有老鼠呢？後來，我在食堂樓下的垃圾站中，親眼看見老鼠一家大小在開餐。許久以後我才明白，垃圾站是城市獨有的生態景點。

　　沒有誰能證實這個世界有沒有鬼魂，但至少我可以證實一下那小東西是不是老鼠。如果是的話，那體形也未免太龐大了。

　　我躡手躡腳走過去，往花圃裡探頭探腦，卻是甚麼也看不見──其實看見了老鼠我會怎麼樣呢？不見得會去抓他也不見得會去逗他玩耍，多數也是尖叫著走開而已。說到底我也是一個只知文明的城市人。

　　正當我打算放棄之時，卻突然感到背後有一道目光。我轉過身去，盤算著怎樣解釋自己剛才鬼祟的行動，卻看見一頭貓；他見我轉身，便箭也似的跑進花盆迷陣中了。匆忙中，我看見貓是灰色虎紋的。

　　原來校園有貓！我竟不知道，也想像不到。（有老鼠自然有貓，後來我才知道自己傻。）

　　我追上前去，卻無法踏足迷陣中；花圃依舊枝葉濃密，一如靜止不動的水潭。貓潛進去了，像個潛泳高手，沒泛起一點漣漪。

我站在原地，等候貓兒再度出現。可是沒有。四周的風景依然靜止不動。遠處，說笑的繼續說笑，學習的繼續學習，戀愛的繼續戀愛：明天，我要怎樣怎樣，做大買賣，考專業試，出席國際研討會……就在我們奔波營生的同時，身邊其實有一個又一個微小世界在靜默地運行著。其中一個，是屬於貓們的。

打這以後，我開始刻意走過這個邊陲位置，留意四周，尋找貓兒的踪影，同時也發現以往所忽略的許多東西。原來這裡並不是我想像中的人跡罕至；這裡有人，不過通常是某幾類人，譬如說：校園中負責蒔花弄草的工友。幾位嬸嬸帶著闊邊草帽，帽邊垂下黑紗，像古裝電影中的俠客，只是俠客的體形比較清癯，也不戴膠手套。她們的工作忙碌：按時節更換盆景、澆水、修剪花草、換泥、施肥……我現在才發現，平時在校園內看見的一花一草，並不是理所當然，而是好些工友一直以來悉心照料的。

還有另一類人：煙民。有一次，我在逗貓玩，忽然來了一個男人，穿著西裝，理個平頭髮型，架著黑框眼鏡，一副文化人的模樣。他看看我，看看貓，然後，彷彿很放心地，從口袋裡掏出香煙抽起來，點煙時手腕露出一隻小酒杯似的腕錶。在他眼中，我和他大概都在幹一些「不能曝光」的事；雖談不上「守望相助」，至少不會告發對方。

我估計他們都知道貓的存在，只是不特別感興趣。後來我才知道，這已是多麼的仁慈。

貓不怕他們——正確地說，貓同樣地對他們不感興趣。工友在這一端澆花，貓在那一邊蹲著，甚麼也不幹。而我，這個新加入的陌生人，與貓只能遙遙對望。我曾企圖走近，而貓，好像和我跳社交舞一樣，我往前一步，貓就退後一步，若即若離，保持節奏。貓大概知道我沒惡意，尚不至於逃去無踪，但也顯然沒有親近的打算。

不過，幾次相遇之後，我對這位貓同學了解多了：她是母貓，灰色虎紋，四蹄踏雪。不那麼文藝腔的話，可以說是「穿了小白襪」。母貓喜歡午飯時分出來曬太陽，多數是蹲在花圃旁邊；有時，工友澆花，把地面弄濕了，她便索性跳上長椅上。

「你不怕別人看見嗎？」我問。

貓抬頭看看我，然後把雙手收在胸口下，瞇起眼睛，繼續享受陽光與空氣。據說，貓兒只有在安全環境下，用不著亮兵器（貓爪），才擺出這種姿勢。我倒是想起古裝韓劇裡那些皇宮中的尚宮，把手收在寬大的袖口裡的模樣。只是那些尚宮娘娘常常在宮中跑來跑去，忙著燒飯、傳話，處理是非。這方面，貓倒是比較悠閒的。

有時貓不來。是貓決定見面的日期和時間，我得看看她是否願

意露面。

　　我單方面接受這個約會的原則，並且盤算著改天帶點貓糧來給貓吃。雖然，貓對我，並不熱情，也說不上歡迎與否。

起立

街貓當然會間中碰上的。然而，我永遠忘不了七年前在我家樓下遇見的那一隻。那一年，我搬離老家；那一年，我首次到歐洲旅行；那一年，我打算旅行回來後，往慈善組織領養一頭貓。就在出發前的一個星期，七月尾的夏日早上，我走過家樓下的小公園，一頭灰色的虎紋的碩長的貓兒忽然從花圃裡走出來，在我的腳邊磨蹭。

我蹲下來，摸他的頭。他索性轉來轉去，讓我搔他認為舒服的位置。

我心頭一熱。可是，我快要出發去旅行，機票甚麼的都訂好了。總不成把貓兒丟給家人，然後自己跑掉吧。

我對他說：「貓呀貓，可惜我不能帶你回家。」

我怕自己生出感情，於是站起來。

貓沒為難我，也沒多叫一聲，就這樣轉身離開。

我忽然明白甚麼叫「有緣無份」。

後來，義工告訴我：一般街貓的壽命不會超過三年。那麼，這隻貓可能已經離開人世了——也許那三年他在街上的日子過得比在我家快活。也許不。

我之所以認識一群貓義工，倒是拜後來家中貓們「敗家」所

賜。自從養貓後，家裡就多出許多剩餘物資：精美的貓床（結果他們只愛睡紙皮箱）、名貴的罐頭（他們不喜歡吃）、玩具（他們只喜歡睡覺）。貓就是這樣的一種生物，你為他安排一切，他不一定領情。

東西都是新淨的，丟掉太可惜。我上網搜尋，找到了一個小小的、定期到私人流浪動物收容所內幫忙的組織，跟他們聯繫上了，約好見面的地點時間，把物資送掉。來者蘇珊，瘦瘦的樸素的，黑色背包，風衣牛仔褲。大家閒聊了兩句，我把東西交給她，就此別過。

我沒想過這才是事情的開始。

2005年9月的某天，蘇珊來電，問我可不可以幫忙寫新聞稿。原來旺角水渠道發生了數宗虐貓案。有人把後巷內年幼的流浪貓拗斷了手腳，丟在現場。知道的人愈來愈多，感到氣憤的人也愈來愈多，於是就有人說：我們遊行去！其中一個發起人，就是蘇珊。

我的人生因為這個蘇珊的電話改變了。

在此之前，我曾打電話到本地著名的愛護動物組織，留言申請當義工：遛狗、清洗籠舍、餵飼等。在我心目中，這就是幫助流浪動物的唯一方法：把他們打理得乾乾淨淨，讓他們快點找到家。我沒想過，寫新聞稿和遊行也可以幫助動物。對上一次參加遊行，已

是1989年了；反正留言後那邊沒有回覆，我便答應了。至於新聞稿上要寫些甚麼？當時的我一點概念也沒有。大概是「流浪動物好慘哦」之類？

我以腦袋一片空白的狀況，跟蘇珊和另一位義工朱迪詳談過後才下筆。蘇珊所指的「新聞稿」其實不算是新聞稿，應該是宣傳單張：

1月8日，為生命起立！

生活在一個節奏急促的城市中，我們自有一套方法，來衡量事情的緩急輕重。舉例說，禽流感、孔雀石綠、豬鏈球菌等事件直接威脅人類健康，輕易成為報紙頭條；旺角幾隻小貓被扭斷手腳，大部分人既不聞其聲，亦未睹其狀，自然事不關己。

但是，你可有想過，這些事情之間其實是有關連的？那就是：人類與動物之間的關係，已到了要作出抉擇的時候了。

社會發展與動物生存權利

禽流感、孔雀石綠、瘋牛症、豬鏈球菌等之所以出現，說到底還是因為人的貪念。部分飼養者在一個極狹窄的環境中飼養大量禽畜，餵以改造過的飼料，讓牠們超乎常理地快高長大，接著就是貨如輪轉薄利多銷。同樣地，城市快速擴展，人人期望樓市暢旺，卻

又是否想到，那些「豪宅」、「中心」所佔用的土地，是剝奪動物的生存空間而來的？人類高度發展，把動物逼向邊緣，牠們只能棲身於陰暗的後巷，在垃圾堆中覓食，過著顛沛流離的生活。

也許有人會說一句「天生天養」，但城市的規劃、設計，往往只以人類為中心，何嘗想過其他動植物的處境？以前的貓狗可以在垃圾堆中，找人吃剩的東西來裹腹；現在的垃圾，除了食物外，還有膠袋、發泡膠、各樣包裝，吃下去反而會死。以前沒有車；現在，一隻貓/狗要過馬路，除非上帝像分開紅海那樣，把所有車撥開，為牠開路。以前貓狗生病，牠們懂得找野草藥自我治療；現在連草也沒一條，更遑論草藥。在這種情況下，只說一句「天生天養」，難道不是最風涼的風涼話嗎？

與文明相悖的物種歧視

香港被喻為「國際城市」、「動感之都」；香港人也一直努力維護這個美好的形象。當我們知道社會上有人歧視新移民、基層人士、傷殘人士等弱勢社群時，大家都會紛紛作出指責，並為受害者爭取更多的保障。為甚麼？因為這些事與香港人的自我形象不符；我們不容許壞分子破壞香港的形象，也不容許下一代被「偏見」玷污。

然而，與此同時，香港保護動物的法例，卻遠比歐美等地落後；在香港，虐待動物的最高刑罰是罰款**5000**元及監禁六個月（2006年年末已修訂罰則，虐待動物最高刑罰為罰款二十萬元及監禁三年）。饒是如此「輕量級」的刑量，過往仍鮮有案例被判至這個程度。這個情況背後有一個信息：「在這個城市中，某些壓迫是被允許的。」難道這就是我們理想中的香港？難道這就是我們留給下一代的教誨，好讓孩子們將來成為「被害者」／「加害者」的其中一方？

變態殺人與「被默許」的暴虐

外國早有數據顯示：以虐殺動物為樂的人，最後往往演變成連環殺人犯。**1997**年，日本一名年僅十四歲的少年先後殺死兩名年紀比他小的兒童，更將其中一名受害男童的頭割下來，掛在小學的校門外。兇手被捕後，不諱言他在殺人前已有虐待動物的習慣；他曾肢解過昆蟲、解剖過幾隻貓；當殺害動物再不能帶來快感時，他就把目標指向人類。日本法官把少年判刑的同時，亦判處犯人父母須向受害者父母賠償一億四千萬日元，原因是「這對父母忽視管教，致使慘劇發生」。

許多叫人大吃一驚的事，往往早有徵兆，只是人詐作不見。社會一方面對變態殺人犯提心吊膽，除之而後快；另一方面卻對虐待動物行為袖手旁觀，豈不是自相矛盾、精神分裂？

動物與人，都是地球村的一分子；

如果牠們流離失所，那代表我們的城市冷漠無情；

如果牠們慘遭虐殺，那代表我們的城市麻木不仁；

還牠們一個生存權利，還自己一個仁愛都市；

你已臨到抉擇的關口，

1月8日，為生命起立！

這篇東西，其實是蘇珊與朱迪提供的內容；而我，一個寫作人，不過是把內容處理成能「出版」的樣子而已。一邊寫，我一邊感到驚訝：原來我並不是在「幫助動物」。我不過在幫助自己處理「人性」而已。

在有心人的贊助下，文章很快就印成宣傳單張，大伙兒就往動物診所、寵物用品店、咖啡室等地方派發，一時士氣高昂。我一直以為「遊行」這回事非得由某些「機構」組織起來不可；其實，「機構」中的也不外乎是平民百姓如我們罷了。大家都是打工仔，籌備會議只能在下班後舉行；地點是咖啡店、快餐店、義工的辦公室……我們沒有所謂「會址」、「查詢電話」、「會長」、「員工」等等。開會的時間往往由晚上七時直至半夜三更，大家除了談正事，也提到各自的見聞：哪兒有貓被人綁在電燈柱上；哪兒的狗

被毒死；幾隻小鳥被吊在鐵絲網，風化成乾屍……

我無言。

遊行前的一天，大家在其中一位義工的辦公室作最後衝刺：黃絲帶、橫額、標語……就在我們埋首工作之際，收音機傳來報道：

「警方扣留了一名男子，懷疑他與日前旺角虐貓案有關……」

我們停下手來，細心聆聽這段不足二十秒的新聞。其實，在事發地點服務的義工，一早就知道誰是疑犯，也報過警，只是警方沒跟進——一直到遊行前的這一天。

「不是一早已報警嗎？偏偏等到遊行前一天才來抓人？」其中一個義工說。

「也許他們以為，這樣就會減低市民參加遊行的意欲吧？」另一個答。那一刻，我發現自己雖已工作多年，竟是「涉世未深」的。

他們聳聳肩，繼續手上的工作。我看看錶，已是凌晨二時。

路的開始是這樣的：是夜，氣溫攝氏八度，窗外一片漆黑。二零零六年一月八日，本港首次反虐待動物遊行，參加者五千，同行尚有貓、狗、鳥、兔。當日，我躺在床上，高燒不退。

疑兇事後獲釋，未被起訴。

你
在

過客

這一天看貓，遠遠就看見兩個人，不是工友也不是煙民，手裡拿一枝毛毛棒，在花圃前把棒子搖來搖去。

我心生懷疑：這是好人？歹人？會傷害貓嗎？我走過去，看見是兩個學生模樣的年輕人，一男一女。他們全神貫注，渾然不知道其他人走近。

「嗨。」我輕聲打個招呼，想不出其他話。他們這才看看我，把毛毛棒收起來。

「這裡有貓呢。」我又說。

「嗯，」女孩子看看我，大概在判斷我是不是虐貓狂徒（我想那一刻我的眼神也發出同樣疑問）。或許她覺得我看上去還不像個變態婦人，便指一指貓：「這是三妹。」

貓從花盆迷宮中探頭出來，看著我們。這一天，我知道了貓兒名喚「三妹」。這個名字倒也適合她。張愛玲說的：「三和七是俊俏的，二就顯得老實。」三妹面尖，耳朵也尖，體形碩長，透著秀氣。

我也因此認識了史提芬妮和祖。他們是研究院的學生，讀書的同時也替學系打工，辦公室就在這花圃樓上，老早就知道三妹。工友在背後忙碌工作，我們三人呆站在那裡，有一句沒一句地聊著，

彷彿彼此試探，也希望證實對方的善意。大家都心照不宣：三妹的事，愈少人知道愈好，只差沒設計暗號，作出入的把關。報紙上，旁人的口中，我們聽過太多故事：虐待、捕殺、投訴、惡戲……這些事情，在貓和愛貓人身上心中留下傷口。所謂「偏激」，往往是受傷過後的自我防衛而已。

斷斷續續地，史提芬妮告訴我：三妹已當過一回母親，她的孩子被好幾個職員分別收養了，只是當中有一頭叫小啡的貓仔從圍牆上掉到校外去，失踪了──半個手掌大的貓，下場其實不難想像，只是史提芬妮不願說出來，我也不願揭破罷了。孑然一身的三妹仍是一副少女的模樣：兩頰滾圓，下巴尖尖，長長的尾巴，像女學生的馬尾。日光下，三妹蹲在那兒，眼睛瞇成一線，我實在不知道有多少東西看進她的眼中──與其說她看到我們，不如說她先看到的是草叢中的些微異動：泥土中的蚯蚓翻身了；葉子上的甲蟲展開翅膀；草往上伸展，像一點飢渴的舌尖，拼了命要嚐嚐天空的滋味……鳥在上空飛過，三妹的耳朵迅速轉動，判斷那是否能力範圍內抓到的獵物。不用帶孩子的她依然忙碌，忙著應付生活中各種新奇的動靜，忙著感受季節氣候的變化。我們這幾個尚算友善的人類，也許只是偶爾出現的配角而已。

原來，這個校園邊陲的秘密約會，成員不算少。我留意到草叢中老是放著兩個從花盆底抽出來的膠盤子，上面盛了水糧的。也許

是有人定時定候來給三妹添食。那不是我，也不是史提芬妮和祖。是誰呢？

三妹既云「三妹」，也就是說，她還有兄弟姊妹。史提芬妮說，學校裡其實有一位「阿叔」，每天定時定候來餵貓，三妹只是其中一隻。只有阿叔出現，貓們才會主動現身。

「你如果想見其他貓，要先遇上阿叔，」她說，「不然其他貓都各據地盤，不會隨便聚頭。」

之後的某天，我遠遠看見一個瘦削的中年男子急步而來；左邊，約兩米之遙，一頭黑白色的貓兒跟著他的步伐走。人貓之間沒有眼神接觸，也沒有聲音交流。若不留心，盡以為他們各不相干。也有三兩個學生與他們迎面碰上，驚訝地停下，看著一人一貓遠去；不過大部分人趕著幹自己的活兒，無暇留意四周。

也許，那幾位「停步暫借問」的，其實是愛貓人的同鄉：貓兒天生倨傲，不像狗那樣易於與人相處；街貓尤少成群聚集，更遑論聽從人的指令。所以，貓兒像小狗一樣跟著阿叔的一幕，堪稱奇景。當然，奇景背後是許多心機與時間。

男人領著貓兒走來，這時三妹也出來了。我終於遇上史提芬妮口中的「阿叔」，也遇上三妹的姊姊黑白（這名字我是後來才知道，因毛色而起）。阿叔中等身高，穿著黑色T恤，黑色運動褲，腳

踏一雙球鞋，陸軍裝，瘦。我並不敢打擾這位大名鼎鼎的阿叔，只站在一旁看他如何調理貓兒。阿叔先拿起膠盤，見沒水了，就扭開花圃後的水龍頭，取一點水。裝貓餅的盤也順道沖一沖，沖走餅碎和泥巴。三妹和黑白早就繞著阿叔的腿在團團轉。阿叔轉過身來，從背包裡拿出一個膠盒，打開，倒出貓餅，姊妹倆就大嚼起來。她們都懂得用前爪按著盤子，生怕食物被搶，這點街貓的習性倒是不改。

貓們進餐的時候，阿叔就把她們身上的毛翻來翻去：有沒有跳蚤？皮膚病？阿叔並沒有跟貓們玩耍的意思。

吃飽了，貓們蹲在一旁，洗手、洗臉。廣東人總愛說「污糟貓」，其實貓兒是最愛乾淨的，除非生病讓他有心無力或神智不清，否則不改自行清潔的習慣。貓舌上的倒鈎是上帝賜給他們的梳子，好讓他們隨時保持毛髮順服、儀表優雅，即使那是沿街覓食的流浪貓。

阿叔再看了看，確定她們都吃飽了，滿足了，這才看了我一眼。在他眼中，我大概是個來觀賞的遊人。

是的，我的確是個旁觀的過客——到最後，史提芬妮、祖、牧貓的叔叔……全都是貓族歷史中的過客而已。

循環

二妹的出現讓我發明了一種理想的偷運貓餅工具：外賣熱奶茶杯。拿在手裡，放在桌上，能掩人耳目。有蓋。髒了破了隨時可以換。可重複使用，符合環保原則。同事見了不懷疑。我就好幾次拿著杯裝貓餅等電梯時碰見熟人，照樣說說笑笑。

貓的低調是天生的，餵貓人的低調是後學的，像曹姨姨。

有一段很長的時間——大約是十多年吧——曹姨姨每晚風雨不改地往街上餵貓。最初是晚飯後，大約八時；然後是十時、十一時，又押後到凌晨一時、三時……到後來餵貓的時間又由晚上變成清早，清晨五時。為甚麼呢？因為附近的人在嘮叨：「討厭！」

曹姨姨與人爭論過，吵過，結果，第二天，等著曹姨姨的是貓兒的屍體，躺在後巷的中央，四腳朝天，口吐白沫。

自此以後，曹姨姨再也不敢為了貓們與別人生嫌隙。惹人討厭麼？那就等店舖關門吧。惹人談論麼？那就等人流少一點吧。惹人側目麼？那就再晚一點……

人貓之間有不成文的協議——只有聽到曹姨姨搖動鑰匙的聲音，貓們才會現身；即使黑色暴雨或八號風球，協議同樣生效。「吃過這頓，誰知道還有沒有下一頓？下雨刮風的日子，貓吃得特別快特別急。」曹姨姨說。

人和貓都知道：每次相見，都可能是最後一次。曹姨姨學會了不為任何一頭貓流淚——哪怕是一頭哺乳中的母貓，不知何故就脹著乳房死在路旁，一窩不知藏在哪裡的幼貓也等著餓死……這些，曹姨姨都不哭。她的位份就是餵貓，不插手管他們的生死。這是另一個協議。

　　只有一次例外。有一次，曹姨姨說：「最近出現了一頭小黃貓，才兩個月，完全不怕人，不如找人要了吧。」我說：「可以放上網試試看，但要有相片。」曹姨姨說：「餵貓都是三更半夜，很難拍照。」過了兩個星期，曹姨姨又問：「有沒有暫託？」我聯絡上暫託義工，義工問：「是不是能確定有人要？我家不能再多了。」我把話轉告曹姨姨，曹姨姨說：「那就算了吧。貓兒也大了，要找人收養不容易。」

　　我知道她背後的意思：求人，到底是沒用的。曹姨姨不怪誰。

　　過了一段日子，某一天，曹姨姨告訴我：小黃貓死了，死因不明，剛滿一歲。

　　這是一個平凡的晚上。生死如常進行。

　　第二天，我把貓餅裝進熱飲杯中，心裡出現從未見過的小黃貓的樣子；他在我心目中，是個男孩子，永遠像巴掌般大，小老虎也似的花紋，肚皮也許是白色的，追著落葉跑，前腳都離地了，後腳

一蹬，想在葉子掉在地上前，撲向空中的葉尖。

我把貓餅裝得滿滿的，彷彿要填滿心裡的空虛。

木顏色

日子久了，我知道的貓族成員愈來愈多：除了三妹和黑白兩姊妹外，還有大佬、二佬，和他們的老祖宗貓祖母。祖母是貓族的第一代，其餘四頭貓都是她的子女；由於三妹和黑白都生過孩子了，所以貓媽媽變成了貓祖母，其實祖母也只得三、四歲。至於人類成員，除了叔叔、史提芬妮、祖之外，也有兩位同事：瑰思與西西里。當中，叔叔才是貓兒的保母，其餘的間中來看望貓們，有需要時作出金錢上的幫助。所有人都來自不同部門，如果不是因為貓，不會走在一起。

除了阿叔之外，三妹和黑白對別人不太信任，姊妹倆本身也算不上關係友好，間中更會打起架來。她們各有自己的領域，三妹是這個山旮旯花圃，黑白則是另一座教學大樓的地庫。與三妹相比，黑白的個性更內向，更不喜歡人。只有叔叔在場的時候，她們才會相安無事地一起開餐；有時候，叔叔也得找遍大樓的冷氣槽、假天花、地庫深處，吹口哨吹得唇乾舌燥，黑白才驀然現身。

「有一次，黑白不見了三天，」叔叔看著黑白吃飯，說，「問校園的保安，他們說半夜有流浪狗闖進來，把貓咬傷了。我找了三天，黑白才從地庫裡走出來，瘦了一圈。」

相比於母貓的穩重成熟，公貓就是有點傻裡傻氣，也許是因為他們不必負起帶孩子的重擔。大佬和二佬連眼神都較單純，那兒有

吃的就往那兒跑，像足球初哥追著球一樣。他們喜歡到處蹓躂，往往錯過用膳時刻，也不知在哪兒吃飽了，出來跟我們打招呼。史提芬妮拍拍大佬的背，竟揚起一陣灰塵，嚇得她「嘩」一聲叫。

「跑到哪兒去啦？弄成這副髒模樣。」然後祖不知在哪裡找來一把大葵扇，踮起腳尖，離開半尺，輕輕拍走大佬身上的塵埃。大佬就站在那兒不動，讓我們給他名副其實地「洗塵」。

不過，二佬是貓群中被排斥的一員。

不是所有貓都符合可愛的標準；二佬就是一頭算不討人歡喜的貓。全身啡色，沒花紋，像個小麻包袋。天生有眼疾，左眼常腫起來瞇成一線，生活上吃虧，性格也自卑。其他貓在開餐的時候，二佬只站在後面呆望，要叔叔把食物放到他面前，他才獨自進餐。叔叔有時想摸摸他，還沒舉起手來，二佬就跑得遠遠的。

二佬讓我想起中二那年一位同班同學。她是臉上眼耳口鼻都長得大，皮膚倒是白皙，人也高，其實不算醜，也沒甚麼怪異之處，但不知何故，同學們就是排擠她。沒有人願意跟她玩。我和另一位同學午飯時也試過坐在她旁邊，她給我們看家人為她預備的便當：只得白飯和半邊鹹蛋。

我想，她是期望我說些甚麼的。然而我想不出話來。

另一次，美術課的時候，老師把我和她編成一組。我這才發現原來她很能畫。大家都忙著開水彩，顏色混得一塌糊塗，她已用木顏色筆畫成一張漂亮的風景畫了。這次我真心稱讚她起來了，她只是淡淡地說了一句：「木顏色有木顏色的美。」

每個人的中學時代都有這一類同學：就是那個老像一星期沒洗頭，校服由白色穿成灰色，默書不合格，分組習作中永遠落單，據說家庭背景有點複雜的陰暗同學……你有沒有跟他聯絡？你還記得他的模樣嗎？

「木顏色有木顏色的美。」

沒多久，二佬失蹤了。他是貓家族中第一頭失蹤的貓。

自欺

佬走了之後，我們開始慎重考慮：是不是要替貓絕育，免得他們往外跑？免得他們不住地生育？

「生育眾多」，對城市中的流浪動物來說，並不是福氣。校園的環境雖說相對安全，但如果貓的數量太多，難保不惹來投訴。我在別處見識過漁護署的捕貓籠：綠色的，內放貓罐頭，貓不小心走進去了，閘門就落下，有入無出。之後，漁護署的人就來收貓，四日後處死（官方的說法是「人道毀滅」）。

也有貓死在籠裡的。漁護署的人不是每天來巡查，也不知貓在籠中發生過甚麼事，甚麼人來過……

每年，漁護署用這個方法，處死了數以萬計的流浪動物。我不想三妹黑白等成為其中一分子。她們已各自生育過，隨時可以再懷孕。我們得趕快行動——

趕不及了，三妹懷孕了。

三妹的肚子愈來愈大，本來的開朗的性格也變得有點孤僻。我們都不太敢惹她，怕她生氣，惹她煩厭，來個遠走高飛。為了保護肚裡的孩子，貓（和其他動物）並不稀罕人類的照顧。

叔叔始終是最有辦法的一個；他的辦法其實也很簡單，就是耐性加毅力。他依舊每天給三妹餵食，留意她的健康。我們呢，找來

A4紙盒兩個，做了一個有活門的箱，內鋪毛巾，預備給三妹作產床。

有一天，叔叔告訴我們：三妹分娩了，母子平安。不過，我們不敢去看望，免得三妹把孩子搬走，或竟索性把孩子吃掉。到底母貓是怎樣獨個兒把孩子生下來的呢？為甚麼生產時可以不吭一聲？誰教她把胎衣舐去？誰教她這門功課？人類無法知道。

三妹把孩子藏在酒瓶椰樹下；這棵樹的葉子很大，樹幹卻短，葉子垂下來，恰恰是一層厚重的垂簾。我們就是從沒想過這裡是天然的屏障，不知三妹花了多少時間和腳力來發掘這個好地方。

只是，三妹料不到，學校會在附近搭棚。維修、翻新、拆毀、重建……是這兒的每日例行公事，東邊弄好了，輪到西邊的工程；西邊完工了，東邊不也變陳舊了嗎？

這個城市只有短期記憶。沒甚麼是永恒的。沒甚麼是可紀念的。

原居民唯有搬遷——像三妹這類「原居民」，既沒有搬遷賠償，也沒有徙置安排。她只好按自己的判斷另覓居所，隱蔽的、遠離人群的、安靜的……這些，在三妹母子眼中，等如安全。

三妹挑了棚架上的通道，被帆布遮著的半空中的竹製走廊。

我們幾乎把花圃的草皮都翻開來找，還找不到三妹的踪影。被窩上的孩子也失踪了。只有叔叔才想到爬上棚架上找，而且竟然找著。趁三妹不在，叔叔用紙盒把快滿月的孩子裝好，拿下來給我們看看：三團小小的肉，鼻頭向空氣蠕動，彷彿要把四周的空氣嗅進記憶的深處……

　　我們不敢摸，也不敢多看，生怕三妹嗅到孩子身上的人類氣味，會把他們吃掉。叔叔又忙忙地把紙盒放回原處。

　　「得想辦法了，」叔叔說，「過兩天這裡的工程也開始了。」

　　然而孩子還未斷奶，不可以抱走。這次是祖爬上去，在紙盒裡留下一張字條：「如發現這窩貓兒，請打電話XXXXXXXX。」

　　可是，過兩天，叔叔還是告訴我們：貓仔不見了。

　　之前一天，叔叔爬上棚架，放下食物便走。剛爬下來，三妹便從棚架裡走出來「喵喵」地朝叔叔叫。

　　叔叔那天恰巧趕時間，沒多理會。第二天再上去看，孩子連紙盒不見了。

　　「也許三妹那天是有話對我說的，」叔叔搔著頭，「不巧我趕時間。」

　　既然真相已無法證實，我們只得往好處想：也許，那天我們看

貓仔的時候，被其他人看見了，把他們領養了。又或者，建築工人見貓仔可愛，帶回家養了。

　　一旦動了感情，有時就得自欺欺人，否則日子會很難過。人與人之間是這樣，人與貓之間亦是如此。

捉貓記

大家商議好了，就展開「捉貓記」。

一切都安排妥當，只等日子到臨——不料竟橫生枝節。

手術前的一星期，我到花圃探望三妹時，看見兩名陌生的年輕女子在逗貓玩。間中，也有學生來探望貓，我不以為意。

待我走近時，其中一個對我說：「聽說有人要把貓帶去絕育，是嗎？」

我點點頭：「是呀，下星期。」

「不可以，」另一個把她的同伴推開，幾乎衝到我臉上，「黑白是我的。」

我從沒聽過學校的貓「屬於」任何人——黑白不是一直在學校生活的嗎？不是叔叔一向照顧她的嗎？

我還未搞清楚她的話，她已經跑開了，氣沖沖地圍著花圃走了一圈，彷彿不運動運動的話，一股極大的怒氣就要爆發。同伴喊她，她也不理。

「是這樣的，」女孩的同伴說，「我們是這裡的畢業生，在學校讀書時已知道黑白和三妹。娜娜一直想帶黑白回家，不過她現在和家人一起住，自己又快要到英國讀書，現階段做不到。」

「那麼，」我咽一下喉嚨，「這位娜娜小姐，有甚麼打算？」

「她不想黑白絕育，」同伴說，「待她從英國回來，結婚了，有了自己的家，便可以帶走黑白了。」

吓？

我只差沒放聲大笑。留學歸來，結婚，建立家庭，這中間要多少年時間？

「娜娜是很愛黑白的。」同伴見我不作聲，嘗試用另一種說法游說。那邊，娜娜小姐還繼續她的大暴走。

「我不知道娜娜小姐何時成家立室。到時，如果黑白還在的話，我們很歡迎她來領養。」我感到自己體內有一團火，不住往上燃燒，「可是，在她帶走貓之前，如果不絕育，黑白會不停生育，學校的貓會愈來愈多。」

「貓仔不是很可愛嗎？」同伴彷彿在問一個理所當然的問題。

「其他人不一定這樣想，」我勉強控制自己，「況且，小貓在這裡並不安全。以前就有一隻掉到圍牆外去了。」

「那麼，如果黑白有了身孕，就帶她去打胎吧！」

吓？

這就是她們「很愛黑白」的方法？

我還愣在那兒，她們便走了。混沌的怒氣在肚裡不住冒泡泡，我第一次體會到：語言，原來不是可靠的溝通工具。

我站在那兒深呼吸，想重新整理剛才的事。忽然，背後傳來一把熟悉的聲音：

「下星期她就到英國讀書啦，」叔叔不知從哪兒冒出來，「待她走了，我們才捉貓吧！」

原來叔叔一直躲在一旁，看著我們吵架!

人事糾紛無處不在，然而該做的事情還是要做的。終於，手術前夕到了。

行動前，我們先得安排接送的司機與暫託保母；然後再預約動物醫生。

我們在晚上展開捉貓行動，以免惹人注意。當晚一行四人，兩男兩女（叔叔、祖、史提芬妮和我），手拿走鬼袋兩個，徒手展開行動。黑白很快就成為囊中物，但平時溫馴的三妹卻掙扎得厲害。

叔叔把她抓著放進袋中，來不及拉上拉鏈便又讓她跳出來，之後當然不再走近我們半步。

擾攘了兩個小時，晚上十時，祖終於滿頭大汗地制服了三妹。過程中，二男一女受輕傷。

畢竟是初次捉貓，種種意外都會發生。此時，司機先生要加班，不能馬上來接貓們。商議過後，貓女們就到我家過一晚，翌日一早送到動物醫生處做手術。

過程中，我們也怕：三妹黑白屬於學校所有關心她們的人。如果絕育手術中出了甚麼問題，我們豈非千古罪人？忐忑了一整天，史提芬妮到診所接貓，打電話來，說她們還活著，我也鬆了口氣。

司機先生把三妹黑白載到位於上水以北的保母家中；貓女就在村屋中休息了十天。保母本來是回港度假的，卻變成貓們的工人，剷屎、餵食，留意她們的傷口。十天後，司機先生、我和史提芬妮把貓女送到獸醫處拆線，然後把她們送回學校。叔叔說，三妹不在學校的期間，大佬不時發出「嗚嗚」的叫聲；現在，我們看見他追著妹妹在舐，然後兩兄妹共享一盤貓餅——公貓是幸運的。我們一直猶豫：如果「公貓」變成了「貓公公」，那會否削弱他在街上生存的競爭能力呢？往後他見到敵人，是弓起背脊來防衞，還是翻開肚皮邀請人家跟他玩？

太馴良，生存不了。

第二天，我們再去探望貓貓。只見三個小東西吃飽了，躺在花圃中，伸長了手腳，在曬太陽。貓是活在當下的專家。

母貓

大肚貓總是讓我想起吳姑娘。

初相識的時候,我不太懂得與吳姑娘相處。她說話嗓門很大,街頭喊一句,街尾也聽見;大伙兒在談論政策問題,她會忽然岔開,由油麻地街貓說到新界北狗場,一頭又一頭幸或不幸的貓狗,一個又一個貧或富裕的義工,一個又一個短或長篇的故事。政策、權益、壓力團體、社會運動……這些玩意兒她不懂。

然而,吳姑娘間中還是會打電話來跟我閒聊──我也說錯了,對吳姑娘來說,她都是在談「正事」,也就是指她日復一日地照顧街上的貓們狗們,餵食,看病,一個晚上捉七、八隻貓街坊,然後召相熟的客貨車,自付車資,送到愛護動物協會做絕育手術,然後又送回原居地。這是吳姑娘多年來的日常工作,她在正職以外的專業──吳姑娘的正職是鐘點女傭。

如同所有世事一樣,過程總有阻礙。這一天,吳姑娘對我說:

「昨天晚上捉街貓,有幾個尼泊爾人過來問我:『你捉貓作甚麼?是不是作非法用途?』我跟他們說是捉貓去絕育,他們『哦』了一聲,就走開了。反而是幾個本地人,對我冷言冷語,哼。」

所以我說,我和吳姑娘是兩個世界的人。當我坐在家中,喝著熱茶,對著電腦寫文章批評漁護署政策時,吳姑娘正在寒冷的街上守株待貓。冬天半夜,大街上尚有幾檔夜店,桌面上冒著火鍋的

煙，交織著猜枚聲與吆喝聲。昏黃的大光燈後，吳姑娘，化身成巷口的一個黑影，嘴角叼著一支煙，雙手交叉胸前，瞇著眼睛，視線遠遠地溜向無光的深巷。一個黑影「啾」聲飛過，「卡嚓」一聲，籠門關上，傳來貓的凄厲叫聲。一點火星在黑夜的半空中拋出半圓的弧度，是吳姑娘把煙頭準確地丟進不遠處垃圾桶中。她慢條斯理地走過去，蹲下來，手指叩一叩籠頂，笑著說：

「貓呀貓，乖一點哦，過兩天便可以回來了。」

以上只是出於看武俠片太多的想像。想像中沒有現實的疲累與挫折。那個晚上，半夜十二時到凌晨四時，吳姑娘捉到六隻貓們。而我，一個善於想像而拙於行動的寫作人，早已沉睡夢中去了。

可是吳姑娘不計較這些。她只想找一個能聽她說話的人。許許多多的故事，都是吳姑娘在電話中，或是用短訊告訴我的——她不懂上網。吳姑娘自然也沒有「網友」，她只有現實世界中的朋友、義工，聽她吐苦水的，吐苦水給她聽的，然後大家吸一口氣，又繼續往街上跑，餵貓、捉貓、放貓……苦惱過後，貓和人都得繼續活下去，在疲乏與失望之後偶爾碰上幸運和善意。有一個男人，每晚遛狗的時候，會替吳姑娘把貓餅拋上某處高高的簷篷，讓那兒的貓早點得溫飽。「他長得高，我長得矮，他來了，我就不用四處求人。」

這天，吳姑娘又接到個案：「有一個婆婆，養了十多隻貓，其中有五隻患了金錢癬（一種很普遍的皮膚病），沒錢醫，說想抱著貓兒一同尋死，我說千萬不要呀，金錢癬容易辦呢，於是便往藥房買藥膏，教婆婆如何照料貓，後來貓就痊癒了。我還得天天打電話去，聽婆婆哭訴呢。」我說：「吳姑娘，原來你待動物好，對人也不差。」吳姑娘像是料到我會有此一說，「嘿嘿」地笑了兩聲：「有時關心動物，也得關心他們的主人呀。」

後來，我終於知道吳姑娘何出此言：很多年前的一個下午，她在回家的路上，看見街邊一頭懷孕的母貓。除了肚子大，母貓整個身體都是一副骨頭，眼睛因為染病而瞇著，瑟縮在花團中。吳姑娘看見她，就想起多年前的往事：大著肚子，單親，沒人照應，沒錢。於是，吳姑娘開始跑到街上餵貓。

這天，我約了吳姑娘碰面，幫補她一點貓用藥物與食物。我看著她從對面馬路過來，左腳一拐一拐，便問候她的近況，她說是關節勞損——長年累月拖著吸塵機走來走去，晚上還得捱夜捉貓。我把東西交給她，她謝過了，又告訴我最近收到漁護署的傳票——三張，每張一千元。我知道那不是第一次也不會是最後一次，而她也不是唯一有此遭遇的義工。之後，我看著她蹣跚地走進一間獸醫診所。我知道那間診所很好，七折服務流浪動物。而我看見吳姑娘從口袋裡拿出來的，是用橡筋圈捆成一疊的五百元紙幣。

官員曾說過：「流浪動物絕育放回計劃未如理想。」我不太清楚他們口中的「理想」是甚麼。但我想，尊貴的高官，和吳姑娘心目中的「理想」，應該大不同了。有時，我在街上碰見母貓。三兩個孩子在她身旁忘形地嬉戲，母貓卻環視四方，留意周圍的一切，盡她的所有能力去保護幼兒。她的要求是無聲的。她的尊嚴是天賦的。是的，在母貓身上，我看見一個又一個的吳姑娘。

呼召

那天本來約了朋友放學後吃茶，但早上她打電話來，說身體不適，不能來了。

於是無端多了一段時間。想去看電影，但已錯過了放映時間。重新面對堆積如山的工作吧，又提不起精神。想找誰聊天，沒有人來。

混沌的時光最是奢侈。上次獨自漫無目的地遊蕩，是多久以前的事？我忽然想起認識的一個女子，獨身，身體不好，沒有工作，大部分時間留在家裡。我和我的朋友只在偶然的機會下見過她一、兩次，每次她都說：「下次你們到哪兒玩，也告訴我吧。」每次，我們都點頭說好，然而並沒有實行。

我曾聽人說過：受了傷的流浪貓很難覓食，因為同類會把他排擠出去。那不禁令我想起我和我的朋友：有時我們拒絕人，有時我們被人拒絕。寂寞或許不是最可怕的。可怕的是千方百計去排遣寂寞。

這一刻，天已漸暗，餘暉正收斂她的光芒，整個世界彷彿要趕往另一個宇宙，把這裡的人丟在後頭的黑暗中。人們害怕，於是發明燈，發明派對，讓自己在吵鬧與光線中迷失。

在這沒有派對也沒有水晶燈的一角，只有大佬蹲著。他靜靜地目送歸家的人匆匆而去；對於坐在旁邊的我，也沒有表示歡迎或抗

拒。他的瞳孔隨著黑夜降臨而逐漸變大。也許他看到一些在亮光中看不見的東西，例如寂寞，例如謎樣的未來。

忽然，我想起一齣美國電影，劇中的男主角，在十八歲生日的那一天，戴上草帽，穿上全新的衣褲，挽起行李箱，闖蕩江湖去了。他的家人，包括他的養母，全體站在門口歡送，一邊擦眼淚一邊微笑揮手，像是送別又像是慶祝他終於踏上屬於自己的人生路。要往哪裡去？幹些甚麼？怎樣維持生活？在離別的一刻，沒有人知道。

這種做法，對中國人來說是荒謬的。「父母在，不遠遊，遊必有方」，這是孔子的話。農地早消失了，我們卻依然是農夫的心態，守著一份工作，一所房子，供養父母，然後，自己也組織家庭，讓孩子重複我們的道路……

這不能說不對。只是，對狩獵的民族——例如貓——來說，死守一個地方等如自掘墳墓。所以，貓仔到了四、五個月大，母貓就會把他們趕走。而公貓，更是從來不負養兒育女的責任。他的腳走到哪兒，他的世界就延伸到哪兒。沒有朋友也沒有家人，沒有寂寞也沒有恐懼，沒有值得留戀的人也不把自己看得太重要。

大佬大概是看到他的前路與呼召。某一天的下午，我們發現大佬不再在校園出現了。

老區

貓之愛清潔，除了表現於梳毛洗澡等例行公事外，也表現在排洩之處理上。吃過午飯，和叔叔玩一會，三妹和黑白就會忽然跳進花圃中躲起來。

「吃飽了，要拉屎。」叔叔笑著說。不久，只聽一陣抓沙挖土的聲音，是貓們用泥沙把糞便埋起，免得天敵發現行蹤。

不過，大城市中，不是到處都有貓咪方便的地方。

老家公共屋邨，樓下是個大花園。每早，太太們在那裡晨運，耍太極，聊天。我的母親是其中一分子。

花園圍欄外是一個斜坡，斜坡外有幾條野草，幾隻貓。人和其他生物，相見但不相識，本來相安無事。問題是：斜坡被石屎封死了，於是，晨運的時候，太太們發現花圃裡傳來陣陣異香：只有花圃裡有泥土。貓便以此為茅廁了。

「好臭啊！」

太太們火大了，到屋邨辦事處投訴，到漁護署投訴。母親說：「貓被漁護署抓了，四天就要死呀。」

太太們點頭，然後繼續叫人簽名，因為，屎是臭的。

母親又說：「其實貓是十一樓那個獨居老伯餵的，也許請他把食物放遠一點？」

太太們嚷著，沒有人搭腔，因為，老伯是沒有親人的。

母親知道太太們要到區議員處投訴，就叫我寫一封為貓咪說情的信，把信投進區議員辦事處的信箱。過了兩天，區議員辦事處來電話。我說：

「我並不是說人一定要喜歡流浪貓，只是那個花園很大，太太們不一定在花圃旁晨運。也可以請餵貓的伯伯在別處餵，又或者在花圃裡倒點醋，貓怕酸，便不再來。」

「其實我住的地方，樓下有一棵樹，」對方說，「鳥兒在上面棲息，間中也有鳥糞掉下來。可是，總不成不讓鳥兒飛過，也不見得因此把樹砍掉。我嘗試跟街坊說明一下。」

我掛了線，心中雖忐忑，倒也感激對方開明。

後來，母親告訴我：貓沒再來了，因為伯伯不再餵了。可能有人去勸過，不知道是不是那位區議員。

後來，我偶然在商店看見一種東西：軟膠製成的網，上面豎起一枝枝膠柱，不傷動物，但也可防止他們走到花圃上。包裝紙上寫著：防止貓在花圃上撒尿拉屎用。每個十元。

一定要漁護署大開殺戒才能解決問題嗎？又或者，我們不能讓貓拉屎嗎？那為甚麼汽車排出的廢氣、官員的廢話，我們又無奈接

受呢？

　　說起來，近幾年老家大興土木，我都快要不認得路了。老家位處新界，從來不是人氣暢旺之所。全盛時期，這裡有三、四家菜檔（其中一檔是我小學同學家裡開的），豆腐檔、水果檔、昌興雜貨店、祥瑞士多、興隆士多、信興文具、光華文具、多樂玩具店、眼鏡店、美容院、理髮店、米蘭體育用品公司、熟食店、肉枱、魚檔、「家家好」中藥店、文華快餐店……對童年的我來說，倒也夠熱鬧了。每天放學，我和其他小學同學組成隊伍，在老師的帶領下，浩浩蕩蕩地穿過街市回家。現在回想起來，那情景大概就像一群小雞吱吱喳喳地穿過市集一般吧。

　　興隆士多隔壁是一道樓梯，連接街市的一樓至三樓。走在樓梯中，可以看見街市外的小公園。那兒有貓。

　　公園石椅下是去水道。有人進來，貓就馬上躲進去水道，通往外面的斜坡，或是街市底層的停車場。我曾把貓餅放在去水道口，然後離開，一直走到第三層樓梯，才看見貓探頭出來狼吞虎嚥。那是一頭黃色的虎紋貓。一天，大雨，路過停車場，見到別人留下的貓餅在雨水中浸至發脹。我找來一個膠袋，把貓餅包起，丟進垃圾桶中。

　　另一天，我發現貓受傷了，傷口在大腿上，紅色的肉露出來。

我走過去，想抓他去看醫生，他卻立即躲進去水道中。我從外面窺看，只見傷口不小，而貓的呼吸急促，顯然是因為躲開我而勉強行動的結果。

我無計可施。召漁護署或其他機構不過是加速他的死亡；勉強拖他出來，只怕不能成功，反而讓他的傷勢更嚴重。連續數天，我刻意路經該地，也不見貓的踪影。一個星期後，我又看見他在去水道口，吃人家留下的東西，也不知他是怎樣復原的。

隨著人口老化，年輕一代遷出，老家的商店逐戶逐戶倒下來了。眼鏡店本來就換了好幾手店東，如今舖位索性丟空；乾洗店店主欠債跑掉；玩具店與文具店相連，曾經因為兩家都賣聖誕卡，在門口吵起來，如今是兩家都關門了。體育用品店、雜貨店的店主都退休，子女不願接手⋯⋯

於是房協決定把街市重新包裝，「打造」成一個新商場：引入連鎖店；加建電動梯；要求原有商戶按規劃搬遷，搬遷後的裝修必須符合房協的要求，以「統一風格」。公屋生意當然花不起豪裝成本，好些商戶，如二十八年的快餐店，只得告別街坊。2008年除夕，也是快餐店最後一天營業，人山人海，好些搬走了的舊住客都回來了，大家拿起相機任意拍照，老闆拿出印有「文華」字樣的紙袋、餐牌紙派給街坊留念，洗碗阿姐站在店面吃飯，笑著說：「今晚唔

洗碗啦！丟晒佢算。」

　　坦白說，如果單談貨品質素或服務態度，我不覺得街坊小店就一定好，連鎖店就一定不好。小店代表的也許不是品質保證或專業推銷服務，而是代表了每個人都有機會實踐自己的夢想，顧客也可以選自己喜歡的店家光顧。

　　小店不一定要完美，才值得保留；人不必完美，才值得被愛。

　　快餐店的舖位如今連地板、牆紙都悉數拆去，只餘下空空的一個石屎洞。整個街市裡裡外外都是棚架、鋼筋、木材、油漆⋯⋯小公園變成堆放建築材料的地方，滿地塵土，貓兒早已不知所終。我問過街坊，街坊說：貓還在，只是躲起來了。

　　小店消失了，人不會消失。公園消失了，貓不會。

　　他們只是活得更艱難而已。

獸復何言？

我家對面有一道斜坡，坡上叢林中住了幾條狗，黃色的、黑色的，可能是一個家庭，可能是哥兒伙伴。平日，他們留在山上，下班時分，眾人在坡下等過馬路，若不抬頭細看，也未必看到幾條爬動的身影；一次，我見到其中一條黃狗在行人道上快步走過。其時為周日清晨，行人稀少，想來是他下山覓食的寶貴時光；我不敢打擾，只遙遙站著，目送他瘦削的身影遠去。

另一次，一個平凡的晚上，我看見一個中年男人，手握竹杖，踏著引水用的石梯，領著群狗往山上走。狗很有秩序地，一條跟一條地走在後面，像小學生排隊進課室，隱沒於無光的山頭中。

後來，山坡上的叢林剷平了，變成人工移植的淺薄的草坪。某個周末，我到圖書館借書，見到一黃一黑兩條狗在山坡上往上爬，身軀完全暴露在太陽底下與路人眼中。那是我最後一次見到這些鄰居的身影；之後，他們不見了，可能搬到另一個能藏身之處，可能被漁護署抓了，用索頸的粗麻繩，往他們的頭上套，一收，再塞進鐵籠中。我不敢追究，因為自知幫不上忙：我沒有到漁護署劫法場的本事，即使有，事後也沒有地方收容他們。我對自己說，那個男人可能是狗們的飼主，只是叢林既已消失，他也就不讓狗們自由走動。夜裡，家中的貓早已熟睡，窗外偶爾仍傳來狗吠聲，像一切生命在憤怒惶恐時，所發出的那種聲音。

這些事，並不罕見。這裡從來都是這樣對待鄰舍的。我家對面的山坡、利東街、牛頭角下邨、觀塘、菜園村、新界東北都是如此。城市發展的列車一直向前邁進，一直把追不上的人和事拋出車外。屋邨辦館變成連鎖便利店、茶餐廳變成連鎖快餐店、街市變成超級市場……人猶如此，獸復何言。

是的。每次經過牛頭角下邨，我都不敢四處張望；那些在地盤動工後即流離失所的貓街坊，一次又一次地提醒我我城的冷漠與自己的無能。牛下如今已十室九空，早一陣子義工竟發現有住戶把三隻貓留在空置單位內，就此搬走了。義工把三隻貓救出，安置在收容中心，其中一隻當晚就跳窗跑了，至今不知所終。這隻貓縱身一跳時，心裡在想甚麼？希望尋回家人？希望回到牛下？貓並不知道，等待著他的，是推土機與剷泥車碾成的命運。同樣，官涌某個快遭清拆的街市，租戶都走了，卻偏偏剩下幾隻成貓。義工倒數著日子，每天在網絡上發放消息，貼了又貼；從照片中看來，一隻三色、一隻灰白色的成貓，依舊在街市的水喉處飲水，或是蹲在他們熟悉的檔位櫃枱上。幸運的話，他們會得到人類主人收留——因為，在這個城市，動物只有成為寵物，才可以合法居留。

木瓜樹變成電燈柱，農田變成石屎廠房，天空將佈滿電纜，鳥聲蓋不過馬達聲。鄉郊居民「上」的「樓」，讓人再也看不到天空與土地。那頭每天路過的唐狗，那隻每早報時的鳥，那曾經讓人坐

在下面納涼的樹，將會消失於居民的生命中。而動物，只能留在當地；他們將逐日逐日地感受點滴變化：每天碰面的伯伯不見了；廚房的炊煙不再，屋後也沒剩餘的食物供他們裹腹。小河流被填平；草叢裡的窩寶無端消失。然後，本來自由出入的家悄悄地圍上鐵絲網，工程開始了，起重機轟隆隆地開進來；他們當中，能鑽出圍城的，就四處流竄，成為難民；不然，只得留在當地，等待死亡。

我們當然可以指責這些飼主：養動物是一生一世的事，豈可遺棄？然而，我們也知道，受重建影響而獲「上樓」安排的居民，上的是那些不准養貓養狗的公屋單位，連種花的窗台都沒有；遷離傳統街市的租戶，可能已沒法繼續小生意，或是被迫搬進光明潔淨、富麗堂皇的大商場中，人坐下來，就得付錢給咖啡廳，遑論容讓動物活動的空間。

處於弱勢的人，踐踏更弱勢的動物，是最可悲的。

生離

你
在

——

74

事實是，我和大部分香港人一樣，都活在密封的匣子中。商場、住宅、課室、辦公室、車廂……緊閉的門窗，永遠一樣的溫度，四季皆無風吹過……說是已習慣麼？卻總有這樣的下午：光管的白光忽爾把室內的一切照成灰暗；桌面的文件只是一團反光刺眼的白色。空氣中的死寂逐漸擴大，好像烏雲無聲無息地飄進來，嚴密地籠罩整個密封的空調房間。

其他人彷彿都在埋首工作，不容你打擾或質疑，即使你快要窒息，想叫喊卻說不出話來。

間中，總有這樣的下午；血糖與心情往下跌，靈魂與身體分離，說話化成泡沫，還未成形已經飄走。你意識到情況，卻不能阻止它蔓延。忽然間，你就失去一切動力，像洩氣的氣球，像電池耗盡的機器人。遇上這種情況，倒不如索性放下工作，到外面走走。

由室內轉到室外，空氣流通了，溫度比有空調的房間高；我感覺到體內的血管逐點、逐點軟化；血液溫暖起來，緩緩地重新流動。陽光烤在繃緊的肌肉上，那熱度傳達到腦海和心裡。

只有這樣，我才能把眼前的景象與腦袋的認知合一，靈魂與身體再度結合。

我任由人群在身邊擦過；他們是我的過客，我也是他們的過客。我已習慣在人群中過自己的生活，走自己的路；事實上，在這

你
在

個城市中，誰不是這樣過日子呢？沒甚麼驚喜，也就等如沒甚麼打擊，這也未嘗不是平安。

我與貓的關係，也許是同樣的平淡。貓沒有了我，不見得活不下去；我沒有了貓，日子也只是苦悶一點。那麼，我的腳步，怎麼又來到這小小花園中？

三妹用她的身體告訴我：有一種東西叫信任。信任的基礎是秘密。沒有秘密就談不上信任。這裡並不開放予其他閒雜人等。即使有外人來到，三妹也不會出現。而現在，三妹出現了，並且跳上我的大腿，繼續她為我而中斷了的午睡。

這就是我和三妹之間的秘密。這個秘密沒有內容，只是兩個生命，瞞著命運之神的目光，同場出現而已。

不過，與街貓過分親密，其實是錯的。

漸漸，三妹和黑白都不怕陌生人了。不管是誰路過，她倆都以為是來餵食的，來跟她們玩的，於是四腳朝天，露出肚皮，邀請來人搓肚腩，搔癢。

學校的環境雖說比街上安全，但總是開放的地方。而且，往來人士中，也有些不是學校師生，而純粹是路過的、不明來歷的路人。貓們過分友善，等如把自己暴露在危險中。

是我們給貓一個錯誤的期望，讓她們以為所有人都是朋友。我們只顧自己好玩，忽略了貓的處境。我想起那位到英國讀書去的娜娜小姐。原來，我和她，是五十步笑百步。

叔叔說了好幾遍：這樣下去不行。有一次，我遠遠就見到三妹走出花圃的範圍，朝人群走去。有幾個學生看見她，面露驚訝之色。校園的範圍大概比三妹想像中的大，迷了路，離開了學校，外面就是大馬路和群狗陣。城市人對城市的運作，並沒有多少控制能力。

成貓要找人領養並不容易，何況這兩姊妹自由慣了，一下子要到室內生活，也不知能否適應。我們姑且一試：西西里把三妹和黑白的照片放上網，同時在相熟的同事、朋友之間放消息。

每天看見三妹黑白，我都預計可能是最後一次；我們隨時分別。到底我應該期待這一天，還是希望這一天別來？

終於，那一日，我已在下班回家的路上，史提芬妮來電：「領養三妹和黑白的人待會兒就來接走她們啦，你要不要趕回來跟她們道別？」

車廂內，我的眼淚一下子往眼眶內衝。然而，我決定不回去了。

你
在

道別，不過是多一次傷心。讓三妹跟黑白早點到安全的地方，不是更好嗎？西西里早前已到領養者的家做過家訪，知道領養者的底蘊，才放心放手。

　　不知道三妹和黑白是否順從地讓人抱走？不知道她們是否捨得自己成長的地方？不知道將來她們是否還記得，有幾個傻呼呼的癡人，曾經為她們牽腸掛肚？

　　這些事都快成為過去了，都不重要了；重要的是她們的將來。三妹和黑白即將開始她們的新生活，安逸的，溫飽的，不像街貓的。

　　長痛不如短痛。三妹、黑白，應該不會再見了，願你們平安愉快。

街貓的團圓飯

這一晚，打開貓罐頭，發現裡面的不是魚，是幾粒蝦、幾條魷魚、幾塊蜆肉。一看招紙，原來我買錯了。

即管倒在貓飯碗上，看家裡的貓要不要試試新口味。然而貓從來是習慣性動物，他們只是嗅了一嗅，便轉頭睡覺去。

乾乾淨淨的海鮮餐，總不成就這樣丟掉。索性加一顆白煮蛋，拿到樓下餵街貓。常見的那隻虎紋貓是夜不見踪影，卻來了兩母子。三色的媽媽看來不足一歲，灰色的孩子似乎更只得一個月大。隔著鐵絲網，他們不敢走近，於是我伸手把食物放進去，然後往後退。退到某一個距離，媽媽忽然箭也似地衝過去，孩子當然也不吃虧，兩貓低頭大嚼起來。

我想看清楚他們的模樣，便又走近兩步，媽媽機警地掉頭便走，孩子卻只顧眼前食物。我蹲下來，見他雙眼模糊，流著淚水，應該有點貓瘟。那是小街貓幾乎都有的毛病，我家其中一隻貓剛來時也是如此。我懷疑他還未戒奶，甚麼蝦呀魷魚呀能消化嗎？可是，他就是吃得那麼津津有味，狼吞虎嚥。

忽然傳來「喵」的一聲，抬頭一望，又來了一隻灰啡色大貓。媽媽走過去，舐了他一下。幻想與直覺告訴我，他可能是孩子的爸。

然而罐頭加雞蛋只夠兩隻貓吃——我想起背包裡還有一點隨身貓

餅，便又倒出來，往後退。兩隻大貓衝上前，一家三口終於可以一起開餐。

是的，家裡的貓們不屑一顧的食物，對他們來說，是天下第一佳餚。

翌日大雨。之後，我再也沒見過他們。

祖母

日子有功，貓糧有價，貓族成員大抵都混熟了，除了祖母。

祖母不愧是貓們的老祖宗，等閒不現身；即使遠遠看見，也很難觀見芳容，因為人一走近，祖母就逃去無蹤。即使是天天餵貓的叔叔，也無法摸她一下。

祖母的性格其實像她的一個孩子：二佬。她生過孩子，戒心更強。她的面相倒也老實地反映了她的個性：白啡相間，雙眼之間距離較短，看上去並不寬容。

祖母並不與自己的孩子合群，寧願獨個住在遠離人煙之處。這兒的師生多在平台活動，平台以下還有一層地面，卻是車輛出入的地方，中間是一條馬路，兩邊是停車場入口、網球場、足球場，網球場後就是校園圍牆的牆腳，堆滿了建築用料：木材、木梯、帆布、油漆罐、丟空的貨櫃、木頭車……叔叔說，祖母似乎生育了，躲在貨櫃中，不願見人。叔叔不見她，只好把貓糧放下，第二天再去，貓糧不見了。

我實在不知道貓們對生育這回事有沒有看法。正如吳姑娘所說，她就是因為自己懷孕時的苦況，才學會帶貓們去絕育，試過連續一個月上夜班似的每晚出動，一個月內把九龍某一區數條街巷的母貓全紮了。我自己生孩子時，遇到一些意外，雖說最後有驚無

險，然而家中長輩曾在背後說：「是不是因為閹過貓的果報呢？」可見好些人對社區動物絕育還是心裡猶豫。

對街貓來說，生兒育女，到底是祝福還是詛咒，得看你的命。在香港當一頭流浪貓，與在德國當一頭流浪貓，就是不同的命。

哺乳中的母貓一天二十四小時都處於飢餓狀態；貓祖母的個性又不願向人求助，我們只好三不五時給叔叔資助一點貓糧，讓貓祖母至少能吃飽。

叔叔曾帶我去看過祖母：白天，她依舊躲在貨櫃；那貨櫃密不透風，我們完全不知道她怎樣出入。叔叔放下貓糧後，和我一起躲在柱後，只見祖母忽然出現在櫃頂，沿著帆布跳下來，大口大口把貓糧吞下肚。我們屏息靜氣，生怕祖母發現了我們，會另覓地方安置孩兒。

日復一日，祖母終於帶著孩子現身了。很奇怪，跟著她的，只有一隻貓仔。叔叔說，貓一胎不會只生一隻，可能其他的夭折了。

早在祖母躲起來哺乳時，我們就商議：哺乳期過後，祖母也得絕育了。而且，這兩天，我們發現祖母躲藏的地方，有好些建築工人出入，把放在那兒的雜物搬走，可能是清理地方，也可能是有新工程展開，總之祖母與孩子不能再待下去了。

但是否能如我們所願呢？黑白和三妹還可以合眾人之力生擒之，可是祖母……

只得辛苦叔叔一人。決定為祖母絕育後，叔叔展開每天跟蹤工作：餵貓，待她吃飽遁去，再悄悄跟在後面，看看祖母母子躲在哪裡；確認了孩子已斷奶，可以供人領養，一天，我們便趁祖母外出覓食時，把孩子帶走。

後來聽叔叔說，祖母回來後，不見了孩子，不住四圍巡察，「嗚嗚」地叫著，呼喚失踪的孩子。一陣心酸泛上心頭：我們是不是做錯了呢？

如果是錯，就讓孩子有個好家庭，罪都由我們來承擔吧。

然後輪到祖母。此事只能由叔叔一人辦理，我和史提芬妮站在遠處等候，免得誤事。同樣，我們在晚上行動，免招耳目。

叔叔拿著籠，獨自走進廢料場中，我倆在外面站著。頭頂是平台上傳來零星的笑語：夜歸的學子三三五五地，談著今天的見聞，踏上回家的路途；想起自己讀書的時候，心裡腦裡擔心的盡是成績、前途、愛戀……那時候，我並不明白，我並不是由成績前途愛戀組成的。我之所以成為「我」，是因為這個世上還有「你」、「他」、「她」、「牠」……

胡思亂想之際，史提芬妮拍拍我，道：「來了。」是的，叔叔雙手捧著籠出來了，籠內的正是驚惶失措的貓祖母。

　　「祖母，不要怕。」我說。

　　祖母依然不自然地撐起身軀，四處張望，發出怪聲──「勾嗚」、「勾嗚」地叫著。這是貓在恐懼時發出的聲音。

　　「祖母，今天晚上，你會在我家住一晚，我們明天帶你去絕育。」我蹲下來，面對祖母，「手術後，你會到史提芬妮的家休息幾天，然後我們會帶你回來。你不要害怕。」

　　這些話，是為安慰我自己而說的。

　　我連籠帶貓，坐計程車帶祖母回家；到家之前，家人已替我在廚房收拾地方，踏進家門鞋還沒脫，先把祖母安置在廚房，關上門，以免家中兩頭小貓騷擾。手術前的晚上，規矩是不能飲水進食，祖母只好在籠中餓肚子過一晚了。

　　這時，祖母已沒有怪叫了。夜深人靜，家人早已入睡，燈也全關上了。我躺在自己的床上，側耳聆聽廚房裡的動靜。沒有。一點聲音也沒有。就像那裡頭沒有貓，我們今天晚上甚麼也沒做過一樣。是因為祖母已不再害怕？還是她已決定認命？鐵籠面向著廚房唯一的窗，窗外是一盞街燈。今個晚上沒有月亮。祖母，你是否在

想你的孩子？大佬、二佬、黑白、三妹，還有那才滿月就離開了你的貓崽；那些夭折了的、沒見過陽光的嬰兒……

祖母，你在想甚麼？

我想像祖母眼內看見的風景，矇矓睡去。

第二天，我帶祖母到診所。我跟醫生說：祖母是流浪貓，無法預計甚麼時候捉到她，所以也無法之前預約手術日期，希望能通融一下。

醫生爽快地答應了。之後，她蹲下來，看著祖母。祖母即時往後退；可是，鐵籠才兩尺寬，祖母才退了一步，就無路可逃。

醫生向助護使了個眼色，助護就拿出一條大毛巾，打開籠門，伸手進去。祖母把自己逼進角落，又再「勾嗚勾嗚」叫著，身體縮成一團，眼睛卻朝那頭頂的怪掌直瞧。

我永遠記得祖母那時的表情。無助，惶恐，像待宰的羊。

助護經驗豐富，早就把祖母按著了。這時，醫生轉到籠後，在鐵枝之間伸進針筒，替祖母注射了麻醉藥。整個過程俐落迅速，不到一分鐘。善良，原來有時得心狠。

只是我意料不到，更狠的在後頭。

那天下午，我和史提芬妮約好在診所門口見面，由她接走祖母回家休養。踏進診所，助護對我們說：「你們知不知道，這頭貓是懷了孕的？」

我和史提芬妮驚訝得說不出話來。

「醫生打開她的肚子，裡面原來有三隻呀，」助護繼續說，「本來打胎是額外收費的，不過醫生知道你們是義工，也就算了。」

助護見我們不作聲，便低頭處理出院手續。我和史提芬妮站在那裡，面面相覷。

我們給祖母打胎了！

怎麼這麼快？祖母不久前還在哺乳啊！

祖母出來了。她已清醒過來，只是看上去有點疲倦。我和史提芬妮默默地推門離開。我送她到車站，替她截了計程車，目送她離去。

一路上，誰也不敢先開口說話。

我們沒想過當了胎兒的劊子手⋯⋯

後來，跟朱迪（就是一起籌備零六年遊行的那位）提到這件

事，她第一個反應是：「這就好了！」

我明白她的意思：生下來，又怎樣？這個城市容得下他們嗎？

我明白，但我還是難受。

史提芬妮把貓祖母帶回家後，連貓帶籠放在自己的睡房中，不讓自己家裡的貓進去，好讓祖母休息。祖母關在籠中，不住把頭撞向閘門，把鼻都擦損了。

貓祖母的性格並不討人歡喜；在她的世界中，沒有信任，沒有善意，所有人都是不懷好意的，都得預先防範，用她那些其實不堪一擊的方法，咆哮、逃遁、抓或咬。

不如此，她無法在街上生活至今。

終於，祖母的傷口癒合了，我們把她帶回學校。閘門一開，祖母頭也不回，立刻隱沒在草叢中。

叔叔來了，我們躲在一旁。遠遠地，見祖母還認得叔叔，現身進食，都鬆了一口氣。以後，祖母不用再生兒育女；不知道她是覺得這是解放？是遺憾？還是甚麼感覺也沒有？反正，純粹從人類的角度看，她以後是少受點苦的，不必帶著孩子東躲西藏；生育太多，對母體的傷害也不少。

我們以為貓祖母以後有好日子可以過——在死之前，我想她是過

了一段較輕鬆的日子的。只是，沒想過這段日子這麼短。

幾個月之後，叔叔告訴我們：貓祖母不見了。他找了好幾天，影兒也沒有。後來問夜裡站崗的守衛，說是有一個晚上，校園闖進了幾頭流浪狗，咬死了一頭貓，清潔工人把貓的遺體清理了。

我們從來不知道校園晚上有狗。學校西面正興建新的教學大樓，六層高，玻璃幕牆，像一柱晶瑩璀璨的巴別塔。只是再豪華的宮殿也攔不住狗：文明和語言於他們無效，地球本來就是公家的。

狗咬死貓祖母的時候，心裡並沒有仇恨或歧視。狗沒有這種概念。

平安

知道甚麼是「歧視」的，只有人類。

零六年遊行後，有學校邀請我們舉行講座，向學生說明愛護動物的重要。這一天，我就到一間中學演講。

恰巧那時候，有一宗弱智人士被童黨圍毆至死的案件開審。我便以這件事作開場白，希望向同學說明「欺凌弱小」是錯誤的行為——當然也包括欺凌比我們弱小的街頭動物。

於是我自以為胸有成竹地問：「同學們，你認為這個弱智人士為甚麼被殺？」

「因為他『樣衰』。」台下，一個中三模樣的女生，木無表情地回答。

「甚麼？」

「我說，是因為他『樣衰』，活該。」

「哦……」我只好匆匆為自己打圓場，「那麼，你照鏡的時候也小心一點。」

一個小時的講座，就在同學聊天、梳頭、互丟紙巾中結束了。之後，老師送我下樓。等候升降機時，幾個女同學走過來，搭著老師的肩膀：「你怎麼不add我呀？你怎麼不上網？你幾時派利是呀？」

老師說：「對不起呀，我還未有空開電腦上網……」

我想像這位老師拖著疲累的身軀下班後，回家還是要繼續「工作」。

進了電梯，只得我們二人。我看著她笑一笑。她彷彿在解釋甚麼似的，說：「沒法子，現在也不能罵學生，總要半哄半勸。」然後又說「對不起」。

我反過來安慰她：「不要緊，教書就是這樣。我很明白，我也是教書的。」

她忽然嘆了口氣：「剛開始教書時，我真像掉進了地獄中⋯⋯」

我想起朱天心在《獵人們》中寫道：同情心像一把刀，得不時打磨運用，否則便生鏽變鈍。可是，教書的累透了，學校教的是考生而不是學生，社會講究的「自我增值」，直接點說就是「汰弱留強」⋯⋯「同情心」從來不是課程內的東西。

踏出中學校門，我祝願同學心裡有真正的平安，找到自己的價值，不用再以嘲弄別人的痛苦來掩飾自己的自卑懦弱。

你
在

遊行

回想自己讀書時，幾乎不參加課外活動。所以，2007年6月尾，著手籌備七一遊行，對著這幅四米乘十二米，幾乎等如四層樓高的布條時，我實在不知道該怎樣把它變成遊行用的橫額。

早上九點半，我和彭先到。雨正下得天昏地暗，我們躲在咖啡室內，把A4紙裁成正方形，再在上面畫個九宮格，稍後要在布上畫字時，用作比例參考。不知何故，總有人覺得讀中文的人中文字也會好，而事實並非如此。我一口氣寫了「動」「物」兩個字，自己都不甚滿意。彭說：「你去買杯咖啡，我來。」咖啡買回來，我發現他竟在看報紙，不由得拍了他一下：「你不是說寫字的嗎？」他指著桌面：「為甚麼打我？早寫好了。」果然，是一個工工整整的「罪」字。之後，他寫了「無」字，又把之前我寫得不好的都重寫了。

十點，植也來了。他事前已把字體的尺寸量好。天雨，沒有場地，我們只能躲在建築物的後面，攤開報紙，把紅布摺成橫向的四份，按比例用粉筆在布上畫四個大方格。植本來打算先把方格分成三十六個小格──比九宮格還多──再在上面畫字；當我們發現畫第一個大方格也花掉接近兩個小時的時候，就決定分成四格好了。某些時候，我們只能選擇妥協。

彭跟植商議好做法，有事先走了，然後植的女友盈到了。她拿起木尺，在紅布上逐少逐少地點出一行又一行的直線，比我們都細心。另一端，植和我畫的「直」線分別向內外兩邊傾斜。盈說：「你不是以上一條直線做標準嗎？」植說：「上一條也不見得準確……以整幅布闊四米來說，誤差在十公分之內也可以接受吧。」我們都笑了。盈說：「你開始把事情合理化了。」

畫了第一個，之後的三個就愈來愈快完成。盈說：「畫完第三個我要去吃下午茶。」之後，她又說：「乾脆畫完第四個才去吧！」方格每邊長兩米，我們當然沒有那麼長的尺。盈索性躺在布上：「我是一米六零。在我的腳底加四十公分好了。」盈帶了一瓶西瓜汁來，有滋有味地喝著，植只在旁邊垂涎，因為他在咳嗽，不能喝。盈另外拿出一個保暖杯：「喝這個吧，我媽媽煲的。」

我在旁邊看著他們，微笑不語。盈很適合讀哲學的植。

下午三時半，大家都不得不休息了。植和盈往食堂點補點補，我說我留下來看守物資。實情是我累得站不起；實情是，我在生氣。我莫名其妙地在生氣。

我伏在長桌上。雨雲經過的時候，陽光就會忽明忽暗地，在幾步之遙的空地上閃動；在我的視線範圍內，一切變得陰晴不定。我索性閉起眼睛，任由紛亂的感覺往上翻騰，像這個夏天的暑氣，像

這一年多以來的自義、疲倦、孤單與失望。我曾經以為自己可以拯救世界。可是，我很快就發現：現實就是現實，現實就是「有心的無力，有力的無心」。現實就是動機良好不等如結果圓滿。現實就是「行公義好憐憫」並非自我滿足的手段……

彭回來了。我沒有作聲，依舊伏在那兒。他說了幾句我沒有回應的話後，靜默了一會，然後問：「為甚麼你讓我覺得你不忿呢？為動物出聲不是你的選擇嗎？」我無言以對。

人齊了，我們又繼續。原先的方案是用瓷漆把字髹上去。彭聽了，想了一會，說：「似乎有點不妥。」於是他坐下來打電話給做裝修的朋友。我一邊工作，一邊聽到他對著電話的另一端打哈哈，寒暄，在適當的時候表示驚奇與佩服……於我，這些功夫的難度不下於向後翻騰兩周半與湯馬斯旋轉，也不禁想到有些人，包括自己，有時不屑（其實是不懂）圓滑；到了迫不得已時，就把責任推到另一些人身上，再裝出一個清高的樣子。這種人，通常是個讀書人。彭掛上電話：「瓷漆至少要十個小時才乾，而且布不夠厚，可能會被天拿水蝕成小洞洞。」

我的腦袋已不太懂得運作。彭又說：「可以用牆紙貼紙裁成一條條長條，當成筆畫砌上去。」見我們站在當地發呆，他動手收拾殘局：「走吧，到油麻地一帶問問。」沿途彭還是不斷打電話和打

哈哈，終於趕在文具店關門前買到需要的物料。

花了一整天時間，我們就只畫了四個正方形，已經全身痠痛。橫額必須在7月1日前完工，明天工作必須繼續，我覺得必須慰勞自己。結果，晚飯時分，我花了四百多元，買了一條牛仔褲與一對紅鞋。鞋店的售貨員是個溫柔的男士，我本來試穿一對黑色的，他看看，說：「腳掌好像窄了一點，我換另一個碼給你。」然而三十九號的只有紅色了。曾幾何時，我喜歡紅鞋，紅色毛衣，紅色的一切；然後，又有一段頗長的時間，我沒穿紅。這一剎，我把紅鞋穿上，因為這一點點關於紅的回憶，因為售貨員的體貼與細心，三十秒內我買了這雙紅鞋子。

後來彭跟我說：「你難道不知道那只是表面功夫嗎？」我明白他的意思。然而那一刻我只是個膚淺的消費者，以購物慰勞自己。

第二天，我獨自拿著大包小包的工具，等候升降機。又是另一個雨天。外面是校園的平台，一個陌生的男人蹲在有蓋的地方，一邊避雨，一邊看報紙。我一直知道自己不是搞社運的人才。我怕人，怕集體活動，容易沮喪。可是我也知道，許多流浪貓狗想要的，也就是一個避雨的空間而已。可惜的是，在這個社會中，他們並沒有靜靜地蹲著的權利。我本想為他們吶喊，結果卻發現自身的軟弱。原來真正的堅強是無聲的，無所謂驕恣，像一頭靜靜地站在街角的貓，誰也不等待。

一樣的多也一樣的少

七一遊行完畢，一天的假期也完結了，我又回到教學生涯。這一天，打開辦公室的電腦，收到這樣的一封電郵：

「致各保護動物組織：

2007年8月18日晚上11時50分，我乘的士回家，又見到牠。牠身上的毛已經脫落了很多，見者心酸，究竟有沒有保護動物的組織幫助牠？

五月份的某一天，在我乘車回家的途中，我第一次遇上牠，相信是唐狗，擁有金黃的毛，身形消瘦，神情肅穆。牠正獨自在一條寂靜的小路上，並沒有任何同伴。我的心沉了下去，心想是牠的主人疏忽照顧，還是牠根本沒有主人？但這刻我只好安慰自己，四處也是村屋，牠只是像我一樣，正在歸家中，很快便會回到主人的身邊吧！

過了數天，我亦如常乘車回家，我的腦海反反覆覆出現牠的樣子，不期然奢望可再見牠一面。我環顧四看，牠果真又一次出現我的眼前，同是一條寂靜的小路上，並沒有任何同伴，我心想牠真的沒有主人的了。我真是希望第一時間將牠抱回家裡，好好地照顧牠，讓牠可以嘗到人間溫暖，但可惜我並沒有這樣的條件，我住的屋苑不容許飼養動物朋友的。

曾經祈禱，希望天父讓我不再看到牠，希望牠開開心心回到主

人的身邊好了。但天父一次又一次給我看到牠，這刻正下著雨，牠的身體給雨水弄至濕透了。再過一天，牠還是在同樣的路裡，也是下雨天，身上的毛已脫了不少。

牠出現的地方在XXX路，約XXX村對出巴士站，再向前步行十分鐘，相信可以發現牠的踪跡。希望天父可以給牠一個奇蹟吧！

如已跟進，煩請通知我！好讓我安心！

Shirley上」

看完電郵，熟悉的無奈再度襲來。都說「行善最樂」，那只是因為「恰巧」這宗「善事」在行善者的能力範圍內而已。

可是我總不能這樣回覆對方；人家是來求助，希望得到的是鼓勵，是辦法，而不是更多的嘮叨。想了好久，我鼓起勇氣回信：

「Shirley,

收到你的電郵。你所說的情況，雖然令人心酸，卻並不罕見。所有動物組織中的朋友都遇過類似情況。

也許你也知道：香港政府對動物，尤其是流浪動物，一直採取視而不見的態度。只有大大小小的民間組織，或個別義工，一直以有限的資源，盡量照顧流浪動物。然而，由於資源、地方有限，幾乎所有流浪動物收容所都是長期爆滿，往往愛莫能助。

你
在

香港流浪動物的處境是嚴峻的，但這並不代表我們完全束手無策；應該說，正因情況嚴峻，我們更要積極面對。至少，你可以做的還有：

　　一替牠拍照，放上網，盡量找人收養牠。

　　一連同照片，以電話或面談的方式，查詢各狗場是否有空位。很坦白地說，就是挨家挨戶去求。這是動物義工經常做的。

　　一在安全的情況和自身能力許可的條件下給牠食物，待牠信任你後，帶牠去絕育，然後把牠放回原居地。

從你的來信中，我猜想你是一個有宗教信仰的人。我本身是基督徒。我相信，天父已讓狗兒遇見了奇蹟，因為牠遇見了你。

你就是牠的奇蹟。」

覆信後，我推開鍵盤，走到樓下的校園，深深地呼吸。這裡已沒有貓，也沒有狗——至少不會在白天出現。如果有，那我又能怎樣呢？

對方再沒有來信了。不知道她有沒有再遇見狗兒？不知道她是否明白，我和她能做的，其實都是一樣的多，一樣的少。

你
在
___

109

妹妹

祖母失踪後，我們以為校園沒有貓了；至少沒有長期住客。日子又回復平淡：上課、下課、備課、改功課……我們又變回一個小小職員，按本份運作。這也沒有甚麼不好；以往為貓們奔波，只是一場意外；城市中生活的人，本來就不應抱著和流浪動物打交道的非份之想。

直至貓妹妹出現為止。

「妹妹」這個名字是後來才起的。我再不敢隨便替貓改名字：有了名字，便有了關係，有了情感。而我由始至終都怕受傷害。我也怕她像三妹和黑白那樣，馴服了的貓不懂保護自己。

我只喚她「貓」。

我是從叔叔口中知道學校「又」有貓的——校園是開放的地方，貓來貓往，並不稀奇。叔叔本來也沒有告訴我們的意思。一向，能自己解決的事情，叔叔都自己解決，盡量不麻煩別人。所以，當我知道學校「又」有貓時，我同時也知道貓懷孕了。

貓一年可以生育兩次，每胎兩至四頭小貓。母貓發情叫春，惹來公貓注意，為了奪得配偶，公貓往往要經歷多場生死惡鬥，與別的同性打個你死我活。然而，公貓的生理結構，讓母貓交配時非常痛楚。每次交配後，母貓就轉頭要打公貓，而公貓總是落荒而逃。一頭母貓可以一晚內和幾頭公貓交配，一胎中的孩子來自不同父

親。儘管如此，母貓受孕後，得獨自承擔生產、養育的責任。

這種粗暴又混亂的戀愛方式，不知貓們是否樂在其中？用人類的角度來看，委實說不上愉快有趣。

叔叔帶我去看貓：白底灰紋，兩眼不算大，水靈水靈；鼻尖，短下巴。論理，單看相貌，不能確認貓的性別，可是這一隻，就是有點少女味。叔叔看著她，說：「那天我帶她在學校外圍走了一圈。累了，便回來，跳上外牆的冷氣機槽，睡了一個下午。那兒和暖。」

我一下子還搞不清是誰「跳上外牆冷氣機槽睡一覺」——當然是指貓，不過，叔叔的口吻，就像貓跟他一起生活似的。到底是叔叔照顧貓，還是貓照顧叔叔？

貓看起來還不滿一歲，已經腹大便便了。於是我知道：我們幾個，又得四出尋覓領養者，然後帶貓往醫生處絕育。生命有沒有輪迴這種事，我不知道。即使有，也許不是傳說中的，一個靈魂投進不同肉身中的形式——人類社會不是有「跨代貧窮」的說法麼？貓的命運也是如此。

面對貧乏的物質生活，貓大概比人快樂吧。愈看，愈覺這頭貓的面相有點像三妹，就是比較瘦；毛色也像貓祖母一系的。可能是我們看漏眼的遺孤？

貓蹲在那兒；風吹過花圃中的矮樹，吹過水泥地，泛不起漣漪，只搔得貓耳朵尖輕輕轉動。她沒有朝風吹來的地方看；她的眼神投在前方不遠處的空氣中。也許她在想甚麼。也許沒有。既然我們不知道她是怎樣來的，也無法估計她會不會感懷身世。會，又怎樣呢？我們能做的，也不過供應一瓢涼水，一餐溫飽。

　　街貓與人，註定是彼此生命中的過客；相濡以沫，卻互不相屬。

　　日子近了，我心裡就預計哪一天收到叔叔的電話。果然，叔叔打來，說孩子出世了，著我去看看。

　　叔叔把貓媽媽引開，使個眼色，我們便快步走到一堆雜物中——木書桌、木椅、木書櫃，大概是哪個辦公室裝修搬出來的。叔叔把書桌中的一個抽屜打開——真不知貓是怎麼想到把四個孩子藏在這裡的，也不知道叔叔又怎麼發現。我總是一次又一次為貓和叔叔的心思縝密而驚訝。四個西瓜紋的小傢伙，才半隻手掌大，對世界一無所知。商議過後，決定在孩子斷奶時，一口氣把母子都捉了，小的送人，大的絕育放回。

　　不是第一次做這些決定，但心裡依然忐忑：我是誰，竟敢為另一個生命作主？我憑甚麼可以為他們拿主意？可是，不這樣做，又可以怎樣？

貓母子住在我家的那一周，義工來探望，叫貓媽媽做「妹妹」。她的年紀比我家兩貓小，成為他們的妹妹。過兩天，義工就會來接走孩子，妹妹會回到校園。換句話說，我會讓他們骨肉分離。

朋友說：街貓很快便忘記。朋友又說：小貓去到好人家會過好生活。朋友再說：小貓長大了，媽媽遲早都會趕走他們。

這些我都知道。可是，我還是哭了，更是「淚如泉湧」那種。

朋友美英問：「你動搖了嗎？」我點點頭。美英又問：「你不知道自己這樣做對不對，是嗎？」我又點點頭──根本沒法開口。

美英沒有說：「你不要哭。」（凡是哭過的人，都知道這句話更加催淚。）她說了另一句很有說服力的話：「其實，做不做，你都會後悔。」

是的。做呢，做得好內疚。不做，任他們在街上生活，萬一將來小貓給車撞死了、給漁護署捉了、被狗咬死了……我一樣會後悔當初為甚麼不把他們送給別人。

如果有一天，這個城市沒有虐待動物狂；如果有一天，這個城市的漁護署捉到流浪動物後會絕育放回；如果有一天，這個城市的空間設計會放得下閒暇與愛心……我不敢說我不會再哭，不過起碼少一個哭泣的理由吧。

義工要來的那天早上，我心裡就暗暗禱告：主啊，一會兒別讓我哭崩長城似的，嚇壞了人家。活到這把年紀，連自己都沒法原諒自己失態。眼前一大四小已在籠裡生活了數天。同一個籠，住過他們的祖母、母親、阿姨或姑姑。這個在普通動物用品店買來，才百多元的鐵籠，是貓們的中轉站；在這裡歇一歇腳，各自迎向不同的命運。他們有的被收養，有的被狗咬死了。如今這幾個，未來又會是怎樣？

　　終於，義工來了。我打開籠門，把小傢伙放進袋中。母貓開始尖叫。就在我快忍不住，肚裡的熱氣正往眼裡湧時，突然，一陣劇痛從掌心傳來，一下子麻痺了我的手臂與大腦。

　　小貓在我的手心狠狠地抓出一道深深的血痕。那痛楚是尖銳與麻痺相間，從手心往上襲擊。我的腦袋即時空白一片。

　　義工見我受傷，也就加快手腳，早點完事，好讓我善後自己的傷口。她走後，房間回復平靜；母貓出乎意料地停止了叫喊。我忙忙地拿出藥水紗布等物給自己包紮；花了許多功夫才止了血。

　　然後，我發現，肉體的痛讓我忘記了傷心。

　　熱辣的痛楚依然，像是誰在緊緊抓著我的掌心——我想那是上帝的手。祂畢竟應允了我的禱告。

在城市
的
邊緣
無止境
等待

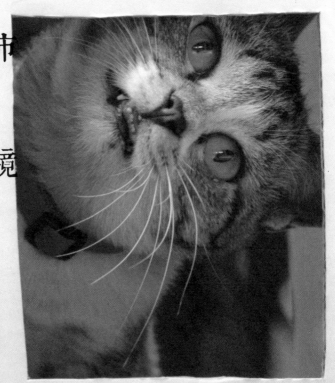

在元朗西鐵站下車，登上義工的車子，我們從繁華的市區，往新界西北區走，一點一點地遠離人群、遠離五光十色的城市；眼前的景色漸漸變得荒涼，彷彿已離開香港，到了地球另一個角落。想到十分鐘前還在窗明几淨的西鐵車廂內，那種感覺是有點超現實的。

窄路上轉彎，車前不遠處忽然衝出一頭小貓，幸好司機熟悉這一帶的路，及時減速。車駛過，小貓原來是一頭才滿月的小唐狗，黑身啡腳，尖尖豎起兩隻耳朵。「他這樣跑來跑去，會被車撞死呀！」林立刻憂慮起來。我說：「那邊那頭大狗，多數是母親，你若走近小狗，她不放過你。」這固然是實情，但其實，林先前已告訴我，狗場的負擔不能再多。附近另一個狗場也是收地要搬，朋友有兩頭狗在裡面，問林可不可以讓兩個位出來，他願意每個月捐一千元，也被林婉拒了。我看著她，把想說的話咽回肚裡，然後林自己說：「叫人家不要送狗進來，自己又拾一頭臘腸狗，我看我有點精神分裂了。」

周日，泥沙路上比平時車多。房車、七人車、開篷車、電單車……一家大小、三五知己或是情侶檔，往下白泥拍浪漫的落日照。我們與這些合家歡擦身而過，駛上另一條路。終於，車在閘門前停下，狗吠聲如雷響起。門內的義工小心翼翼地推開閘門，生怕有狗往外衝，我們也便放慢動作內進。眼前是一個個大鐵籠，分開三排

平放，第一排，每個籠內約有兩至四頭狗，各式各樣的體形、顏色，最多的品種就是談不上品種的唐狗。第二排是圍欄間開的兩個空間，一邊是五六頭小狗，臘腸、北京、西施；另一邊又是唐狗。再後面，是三個一排疊起來共六個大籠，也是唐狗。一個籠放幾頭大狗，在狹窄的空間與酷熱的天氣中，他們有的蹲著，有的躺著。看上去不人道，但原來狗極需社交生活，長期與同類隔離會造成心理損害。有些組織為了管理方便與顧及探訪者的觀感，狗都獨立安置，義工戲稱那是「水飯房」。

　　林與曾走過去，狗兒就齊聲吠起來，撲在眼前幾寸的鐵絲網上；我眼前的景象與耳畔的雜聲，一下子搖撼起來。然而曾已經習慣了；他把手伸進去，他們圍起來嗅，沒有攻擊的意思；然後曾拍拍他們的頭，走到另一個籠前，跟裡頭的狗打招呼。

　　這裡共有三百多隻狗、幾十隻貓。整個狗場共約兩萬呎，能用的空間就用，有甚麼物料就用甚麼物料，有鐵籠、鐵絲網、貨櫃、鐵閘……把不同性情、體形的狗分隔，沒甚麼規劃次序可言，不過總算有活動的空地與洗澡的地方。過了門口這一區，後面還有一塊空地，外圍的一邊是用鐵絲網間成一個個的區域，能相處的狗就放在一起；另一邊則是兩個約二百呎面積的貨櫃，有窗，窗內是幾隻拼命往上跳、要看看外面世界的狗，其中一隻用手攀著窗花，嘴巴掛在窗沿上，眼睛裡只有渴望，沒有憤怨。

我慢慢適應了這種搖撼，開始聽到狗們的故事。威威獨自困在籠內。他以前在大埔流浪，林只敢餵不敢摸。後來被抓了，漁護署職員要林走進籠內，用手張開威威的口，拍下照片，證明威威不傷人，才可贖他出來；擾攘了四小時，終於拍了照片，林還得自認是威威的主人，承認一項「疏忽管理」罪，才可以帶威威離開。威威大部分時間不算兇，就是要單獨餵食，否則他覺得食物被搶，就會咧牙呲齒。隔鄰是大妹，站起來比人還高的黑色母唐狗，曾一邊在街上餵，一邊在狗場排隊，終於等到空位了，義工帶大妹到獸醫處檢查，大妹卻在診所門口走失了。義工打電話給曾，曾駕著車，在茫茫元朗漫無目的地亂駛，不知往哪裡找。到了一塊草地，曾下車隨意亂走，喊著「大妹、大妹」，大妹真的從草叢深處撲出來。

　　我們推開一道小閘，進入幼犬區域。小狗不必困籠，可以走來走去，圍著我們嗅，咧嘴伸出舌頭來，像傻笑。林在車上說的那頭臘腸狗，就放在小籠內。數天前，林在進場的馬路旁發現他，背上是十六、七厘米長的傷口，爬滿蛆蟲。林本打算稍後送他往獸醫處，預了要安樂死的。豈料，臘腸狗在狗場內一口氣飲了兩公升清水，竟在地上翻筋斗，讓人摸他的肚皮，林也就請獸醫盡力而為。獸醫說傷口上的是食肉蠅，狗的身上有過萬隻牛蜱，聲帶已被割掉，多是非法繁殖場的所為。現在，臘腸狗背部的傷口已埋了，眼神也明亮，林蹲下來逗他，他便用力發出沙啞的聲音。

「就在你如今坐著的地方，」車上，林跟我說，「他躺在那兒，整個車廂爬滿蟲。後來我全車噴殺蟲水，焗了三個小時。」臘腸狗對面是兩頭掉光毛的、「看上去像」哥基的狗，十歲了，同樣被繁殖場割掉聲帶。

幾個狗區之後是一個貓住的貨櫃，內有十多頭貓，瞄我們一眼，便又繼續午睡去了。貓體形細小、安靜、喜歡在高處獸；同一面積，頂多只能安置四、五頭狗。有專門照料流浪貓的民間組織，在鬧市的工廠大廈中租單位安置貓兒，義工和領養者出入較方便；狗呢，只能在偏僻的荒郊落腳，流浮山、洪水橋、大嶼山是熱門地點，公共交通工具無法到達。來者要不自行開車，要不坐綠的。

義工各有崗位，掃狗糞、替狗洗澡、放狗、招呼有意來領養的人。戴客氣地阻止探訪者餵零食，指著那邊小几上放著的幾罐處方糧，是病犬食的，三十元一罐。一個年輕男人正和一頭史納莎嬉戲，梁在旁邊掃地，說：「比起你當初帶來時，他已經乖了很多，你考慮考慮，帶他回家去

吧！」童抱著巴掌大的小狗，落力推銷：「好可愛啊！好乖啊！已經懂得便便了！」

另一個探訪者來到，車在閘外停下，場內的狗已一齊起哄，齊聲向閘門方向吠。在他們日復一日的等待中，外來者就是唯一的刺激與希望。

場主花姨終於從貨櫃改裝成的辦公室內出來了，手裡拿著一大疊文件。這偏僻的一隅，逃不過收地的命運，須在十月初前搬離。花姨已另租了新地方，只是那邊一片荒蕪，百廢待興。這一天，就有一位張先生，帶了三個承辦商來，往新址視察，讓他們出標書。張本身是建築業的，在狗場內領養過狗，知道狗場出了狀況，就現身幫忙。我問林：「本來不是有位陳先生嗎？」原來陳先生開了兩次會便沒再出席了：「之前開會他都是晚上十時下班後才趕來，對上一次聯絡，發出電郵的時間是凌晨兩時。大家都是義工，怎好意思追問呢，幸好後來張先生來了。」

花姨跟著張先生往新址，我和曾、林也一起過去，花姨看我一眼，笑道：「我們要搬了，那邊甚麼也沒有。」她忘記我們在之前的會議上已見過面。倒是四百隻狗的名字她記得一清二楚。

新址距離舊址十分鐘車程，另一片荒蕪之地，原本是一個豬場，化糞池倒是現成的，裡頭積滿綠色的青苔，也有一間石屎小

屋,一個電錶。張先生帶著承辦商代表在烈日下視察,講解:「這裡要二百轉三百,普通的不成。」我們不明所以,便索性站在樹蔭下。樹的另一邊是魚塘,為鄰居所有,有水,有樹,花姨拿著毛巾抹汗,笑著說:「這裡倒涼快,將來可以在這裡放狗。」當所有義工都為了搬場的費用頭大如斗時,我發現只有花姨仍然保持笑容,彷彿,到時到候,錢便會從天而降。

小屋內,擺放了一部冷氣、幾張膠椅、一些木架,有人搬家丟出來的,義工便趕緊收起,送到狗場。床褥也有,花姨一向在狗場留宿。黑色大蚊繞著我們飛,一輛私家車在場外急剎停下,一個後生下車,問要不要拆電錶。花姨說不用了,他便又駕車離去,剷過門口一大叢馬纓丹。花被壓扁了,濺起最後的花香。

健收集到一批瓷磚,運到新場來,先放在小屋裡,然後把曾拉到一旁:「花姨想在報紙上賣廣告募捐。」曾想了一想,說:「難得籌到幾萬元,如果用來賣廣告,怎樣向捐款的人交代呢,人家的原意是用在狗兒身上……不過不賣廣告,也沒有人知道狗場急著用錢。」健默然了一會,說:「我想辦法向花姨解釋吧,賣廣告這回事,效果未見,先燒掉一大堆銀紙。」從他們斷斷續續的對話中,我猜想花姨是個固執的人。不固執,就無法讓狗場運作下去。

我悄悄問曾:其實現在籌到多少了?曾說,就是幾萬。我再

問：不是十月初要搬嗎，現在才幾萬元，新場那邊甚麼也沒有。曾說：「所以我們索性叫花姨找了獸醫那筆數，賒了幾年，快二十萬了，人家也要吃飯呀，還不清，也得先還一部分。」那到了十月怎辦？「先把承辦商報價單和工程進度等交上地政署，求對方寬限寬限。一個人拖著三百多隻狗，連露宿街頭都不行。還有捐款的帳目一定要清楚，收支要分明，鬧了醜聞就很難翻身。」網上常有不少流言，針對不同的團體、人士，都說是帳目不清，交代混亂，繼而演變成罵戰。曾的話是對的。然而，花姨太忙了，忙著清理糞便、煮狗飯、餵食、放狗、修理漏水的天花板……

離開的時候，曾問我有何感受。其實更差的狗場我也見過，有一個在山上的，運狗糧得靠義工排人鍊，由山腳逐包運上山腰，狗籠前橫躺著一頭死老鼠。這個場，四百多隻動物，算是乾淨。曾說：「狗是很單純的動物，行為完全反映心理，這個場的狗，大部分都不怕陌生人摸，有些初來時兇神惡煞，後來也讓人親近。」剛才，狗在空地玩，時候到了，一聲令下，也就乖乖地回到圍欄內或鐵籠中。全香港，大約有一百多個這些狗場，這個，沒裝修可言，但總算能提供狗隻的基本需要，也有一群可靠的義工支撐。有的，更窮，更不堪——幾百隻狗，單是來不及清理糞便，兩日內便變成地獄。

如果每個生命來到世上都有其意義、目的，那麼，對花姨和一

眾義工來說，生命的意義就是拯救另一些生命，哪怕這意味著眾叛親離、奉獻所有。故事的開始大致相同：起初，只是住所附近的幾隻，然後，一隻，又一隻，再多一隻，家裡不能容納了，家人有意見了，在外面找個地方，動用積蓄……像花姨那樣，長期在荒山野嶺留宿，沒假期，斷六親；這不是偉大，而根本是畸形：幫助她的義工，是變相讓她繼續過這種畸形生活。撒手不管嗎？那就讓所有流浪動物死在香港流浪動物政策下吧。要不，只能把擔子往自己肩上擱，直到被壓垮為止。

可是，讓狗兒無止境地等待，等待一個領養者，一個家，一個奇蹟，就是他們存在的意義嗎？我不知道。我只知道，這些收容所，對人和狗來說，都是一個個無底深潭，一條條不歸路。

給貓妹妹的信

貓妹妹：

你好嗎？日子過得愉快嗎？不知你如今身在何方？在天國？還是另一個比校園更好的塵世居所？

你認識我的日子，不長也不算短，大約是三年吧！可是，早在你還在母胎的時候，我已知道你，也知道你的祖母與母親。你是校園貓的第三代。你並非偶然來到世上；我們也不是偶然遇上的。

第一代校園貓，我們喚她做「貓祖母」。她是一頭啡白色的母貓，等閒不讓人親近。貓祖母年方三歲，已生下兩男兩女，其中兩頭男的成年後各自離家，闖蕩江湖去了，兩頭女的分別名為「黑白」和「三妹」，也在校園裡生兒育女起來。為免貓兒數量太多惹人注目，為了貓仔的安全，幾個同事和同學分頭找來領養家庭，把貓兒送走了，然後大伙兒湊點錢，為黑白與三妹安排絕育手術。後來，連黑白和三妹也被領養了。

只有你的祖母貓祖母，個性倨傲，不願與人親近，一直隱居此間。我們也三擒三縱屢敗屢戰似的，終於替她絕育了，心想：相比於街外，校園總是較安全的地方，沒汽車、沒虐貓狂、風吹雨打總算有處可躲……

然後，有一天，貓祖母失蹤了。我們四處打聽，沒有結果。後來，有人告訴我們，某一個晚上，有流浪狗走進校園，咬死了一頭

貓。清潔工友把貓的遺體處理掉了。

這是意外，我們不怪誰。人生本來就是合久必分，只差是誰先走一步而已。

我們以為學校再沒貓，只有人；就像這個城市的大部分地域一樣，人和其他生物無法並存。

然後，有一天，你來了。

你是一頭母貓，灰白相間的花紋，個子纖細，兩眼瞳孔常瞇成一線。你雖獨自一貓，倒是自得其樂，日間跳上冷氣槽睡覺，黃昏後才醒來，伸一伸懶腰，開始巡視校園——說是「巡視」，其實也只限於你熟悉的範圍。太遠的地方你不敢走過去，我們也不願你走過去。

這是我們幾個愛貓人之間的秘密。你的存在令幾個屬於不同部門的、原本沒機會認識的人走在一起，談論你，喜歡你，擔心你，想念你。

不久，你懷孕了。我們又忙亂起來，四出尋覓領養家庭。孩子生下來了，你出於母性，把他們藏起來，獨自負起哺育的重擔。只是，趁你不留神時，我們還是發現了幼兒的所在，並商議哪一天，把他們送人，把你送到診所絕育。

貓妹妹，這是我們唯一想到的，確保你的孩子安全成長，確保貓族的貓口不太多，以免招來投訴的方法了。於是，有一天，我們把你和你的四個孩子一併抓進籠中。你掙扎，四個孩子也跟著怪叫起來。是我們利用了你們對我們的信任。你能原諒我們私自作的決定嗎？

　　孩子送人的那天，你親眼看著他們被人抓進手中，放進不透光的袋裡。我知道四個孩子會到好人家裡。在那裡，他們會有安穩富足的生活。可是你不知道，也沒有這種不知算不算幸運的際遇。只因你是一隻成貓；不太多人願意領養一頭成貓，你天大地大的遊蕩慣了，也未必願意與人同住。

　　我讓你們骨肉分離。我知道，做不做我都後悔。讓孩子離開你，我後悔；假如孩子將來走失了，或遭遇甚麼意外，我一樣後悔。請你明白，當你對著遠去的孩子悲鳴時，我，身為女性，同樣難受。

　　那一天，是我把你帶到獸醫診所。手術後，趁你還未完全清醒，我為你繫上一條頸帶，以示你的身分。你在我家休息了數天，待傷口痊癒了，我就把你放回學校。大家知道你回來了，都來看你，為你預備罐頭，留意你的傷口情況。

　　校園盡頭的那個出入口已經封了，流浪狗再不能進來；有一位

同事每天來照顧你，天氣冷捎來紙盒替你鋪窩。我們以為，你終於比你的祖母幸運，自由而不失溫飽地活下去；我們以為，校園就只你一頭貓，總有能容納你的空間。

畢竟我們還是太天真了。

幾個星期前，我們發現你不見了。第一天，我們以為你溜到別處玩耍。第二天，我們以為你在外頭樂不思蜀。第三天，我們以為你快要回來。第四天……

每天來照顧你的叔叔踏遍了校園的每一吋，也找到尖沙咀、紅磡、佐敦……我們遲遲未想到漁護署，是因為我們相信：學校裡的都是成年人，學校又這麼大，你日間又不太出現人前……

與其說，我們相信命運之神會對你網開一面，不如說，我們相信這裡的人會容你一席棲身之地。

畢竟我們還是太天真了。

到我們想到漁護署，打電話查詢時，才知道：二月尾，漁護署接到投訴，進入學校範圍，抓了一頭貓；三月初，貓在漁護署被殺了。

如果那就是你，貓妹妹，死的時候，你應該戴著我們送你的頸帶。

我想像你在漁護署過的那幾天：與其他驚惶失措的同伴擠在同一個籠中，沒有人為你清理貓們因驚恐失禁而來的髒物。你喊破喉嚨，沒有人理你。你當然是我們共同關愛的寶貝；至少也是大部分理大同事、同學沒去打擾的小小住客。只不過是有一個人，打了一通電話，你就淪為這裡不該出現的物體，合該「人道毀滅」。

　　你做錯了甚麼？你沒有傷人，也沒有病痛。你的「罪」，就是「你在」。

　　知道消息的那個晚上，我無法成眠。就在這間屋裡，我的家中，你曾把你和孩子的命運交在我手裡，我卻沒能力保護你，到底。

　　貓妹妹，身為人類的一員，我們對你不起。

　　我們也曾想過：早知當初也把你送人好了。只是，願意領養成貓的人並不多，而且，我一直想問：為甚麼「動物」一定要變成「寵物」，才可以「合法居留」？為甚麼不與人類同住的，就是「非法居民」？

　　不管那是不是你，貓妹妹，你的確已在我們的生命中消失了。可是，這個校園地理上是開放的，也許，不久的將來，又會有一、兩隻你的同類來到，居住在這本來也屬於你們的土地上……

貓妹妹，我們相信你的失踪甚或死亡並非毫無意義。如果你的消失，能換來你的同類的安全，貓妹妹，你會原諒我們一點點嗎？

愛你的人上

2009/3/24

民主牆的留言：

小貓做錯了甚麼？如果有哪一位被貓抓傷過，或是貓破壞了你們的物品，請你在民主牆貼出來！……為甚麼一點惻隱之心也沒有？

絕育，喔，真人道！

小貓無罪。

「君子聞其聲不忍食其肉」，這就是惻隱之心！

看完這篇大字報，心裡很不舒服……

那麼，學校飯堂不能賣焗豬扒飯？

妹妹：wish you happy forever!

完結：開始

開始寫作的時候，貓妹妹還在我們當中。我沒想過這本書會這樣結束。

我、西西里和瑰思，還有好幾位同事，在校園民主牆上貼上這篇悼念的文章。大約三百名師生在文末留下了名字，表達他們對貓妹妹的懷念與哀思。

然而，這一切，對已失踪的妹妹來說，已無甚意義了。這些簽名，安慰的其實是仍然留在世上的我們而已。

也許，簽上名字的人，會知道，會記得，曾經有一個小生命活過，幸福過，掙扎過；也許，他們在街上遇上另一頭流浪貓時，會因此而動了慈心。這世上，還有千千萬萬個貓妹妹，她們等候的不是憐憫，而是一個和諧世界的降臨；在那裡，人與萬物怡然自樂。

這樣理想的世界，像桃花源的入口，無可問津，卻彷彿若有光。我想起2006年，攝氏八度的夜晚，那片窗外的風景；想起魯迅說的：這世上本來沒有路。人走多了，就成為了路。

為我們引路的，也許是一頭又一頭的流浪貓。

完結：終局

我不認識簡稚澄醫生，但對於她的死，我還是感到非常難過。

簡醫生是台灣桃園市動物收容所負責人。據報道說，她在獸醫學院的成績很好，一心抱著服務動物的想法，成為收容所所長（台灣稱之為「保育園園長」，其實也就是我們理解的動物收容所）。可是，投身工作後，她幹得最多的，是讓流浪狗接受死亡注射。請不要以為這些都是身患惡疾無法救治的狗。像香港的情況一樣，被殺的狗多數是健康年輕溫馴的，他們的死因只是遭人投訴或遺棄。

簡醫生無法憑一己之力改變這個現況。於是，每個周五（執行死刑的日子），她便把將要處死的狗帶出來散步、曬太陽、餵肉條，盡量讓狗在死前享受到溫暖與尊嚴，然後把他們送上黃泉路。這樣的人，是無法不發瘋的。

簡醫生死前留下的遺書，得「中時」報記者發現並報道。遺書中提到台灣動物政策的缺失，令動物承受極大痛苦；政府提出「零安樂死」目標卻沒有配套工作，繁殖買賣照樣進行；遺棄動物無須受罰；政府收到投訴照樣把狗抓到收容所；絕育放回工作做不好。結果就是狗擠爆了收容所，讓那裡成為煉獄。（我曾跟來自台灣的兩位學者聊天，他們已提到「零安樂死」政策的配套功夫根本不足，只淪為政府應付輿情的口號。）

簡醫生是用毒狗的藥自殺的。遺書上寫著：「生命沒有不同」。

一個人走上自殺之路，原因可能很複雜。除了工作壓力，當事人的個性、以往的經歷，甚至生理上的腦部問題，都會令人走上不歸路。據說簡醫生予人「樂觀積極」的感覺，從不拒絕，也不要求。這樣的人可以說是傻、也可以說是太自大，自大到以為自己可以一肩扛起整個世界。他們是情緒的啞巴，把別人的苦惱咆哮吸進身體，卻無法吐出來。他們對別人的每一個微笑與每一次承諾，都是插進自己體裡的一刀。

我很理解，也很明白。

然而不明白也不願意去明白的人還是有吧？──「都係貓貓狗狗啫」。無知的人享受當下的輕省。想太多的人寄望遙不可及的、身後的理想。更可笑的是有時理想還沒實現，自己已被理想出賣──當一個理想主義者變得偏頗、消沉、不擇手段……我見得太多。太多了。而每一天我都在提醒自己別往那個犬儒的懸崖向下跳。

太累的人唯有離開。

我看著簡醫生的照片；相中的她年輕、單純，就像她的名字：簡單、稚氣、澄澈。我知道我可以把簡醫生的死轉移至香港動物政策議題等討論與不滿，但我不打算這樣做。我只想純粹以片言隻語，悼念一個死於理想或虛妄的殉道者。

你
在
———

十年‧二零一九

2019年10月，秋。

　　朋友到訪校園，我前往迎接，走到這個久未涉足的角落。正是各學院舉行畢業禮之時，禮堂外站滿穿上畢業袍的學生，和他們的家人。花束散發著香氣，旁邊的長餐桌鋪上質地良好的潔白枱布，上面放滿各種飲料、小食。各人臉上掛上由衷的微笑；亂世中，能出席子女的大學畢業禮還是好的；能穿上西裝，或塗上口紅，站在高等學府的花園中拍照或被拍還是好的。場面看起來頗有點衣香鬢影之感。三四個戴著黑色口罩的學生選擇在這天仍然記著他人的痛苦與自身被欺壓。就是那些氣球、毛公仔，令這個本應莊嚴的場合，添上幾分快餐店生日會的歡樂。

　　我靜靜地穿過人群，穿過這個與我無關的典禮。自從貓家族風雲流散後，和他們相關的人也就天各一方。史提芬妮早已畢業，又回到學校工作；瑰思退休了；餵貓阿叔，我在貓妹妹過身後就再也沒有見過他。只有祖，成為專業攝影師，好幾次遊行中我們碰見。有一次，我看見行人路上的他，問他在這裡作甚麼，他說：「觀察。」

　　觀察者觀察過客。對被觀察的來說，觀察者何嘗不是過客。

　　在那以後，零零碎碎地接過一兩次消息，發生過一些事，都不是甚麼愉快的回憶。身為教師，講課無數，我卻記得那一次，在中

學的禮堂裡，如何失態大哭起來。那時貓妹妹過身不久；那時，一群中四的同學，應該每星期都被安排聽講座，對各樣資訊無奈接收又瞭然在胸。一切毫無驚喜，直到提問部分，我被問到「從事動物權益工作中，你最難忘的事情」時，無法控制自己的眼淚。講座被迫中斷，同學忽然驚醒；老師慌忙打圓場，遞上紙巾。或許，那不是一次內容精彩的演講，但我想，對聽眾來說，應該是頗為特別的經驗。

又有一次，我正在放假，手機忽然響起，說是某個部門的辦公室有校園貓闖進，讓我馬上去看看。我本來約了朋友，只好臨時爽約。到埗後，發現那兒是位於平台的實驗室，冷氣槽的出口通往室外，花圃裡的貓輕易能走進去。而他們已不是第一次投訴貓的出現。

「那麼，你們為甚麼不用鐵絲網把槽口封好呢？」我問。

「跟管理處說過好幾遍了，沒有人來處理。」部門職員答。她是一個年輕的女子。我回過頭去，發現本來站在那裡的管理處保安，在我來到後已消失得無影無蹤。

「其實你們不管牠，牠會自己離開。這裡既沒食物又都是陌生人，我看貓也是誤闖而已。」我說著，看著貓。他是一隻灰麻色的成貓，瞳孔因恐懼瞪得極大，尾巴緊貼著身體蜷起，從喉嚨深處發

出「胡胡」聲，站在高櫃頂不敢下來。

「貓常常走進來，」年輕的女子托一托眼鏡，「我可以在冷氣槽裡放老鼠藥毒死牠嗎？」

我看著她。無論從哪個角度看，她看上去都是神智正常的，或至少不是特別兇殘暴戾之徒。我不知道她是否明白自己在說甚麼。

「可以的，」我答，「貓吃了藥，屍體在裡頭發脹發臭，到時你爬進去收拾便可。」

年輕的女子不作聲了。辦公時間內，整個實驗室裡的人，甚麼也不作，抬起頭，看著一隻驚惶失措的貓。突然，有人用棍去撩。貓害怕了，跳到高櫃的後面，躲在櫃與牆壁之間的夾縫中。這時我發現，櫃門貼著一個骷髏頭標誌，下面寫著「危險物品」。我忽然靈機一觸：在這裡工作多年，我知道他們最害怕甚麼。

「找消防員吧！」我大聲說，「這裡是放置危險物品的。若驚擾了貓，撞倒了櫃子，誰承擔這個責任？我是不敢的。」

他們不作聲了。我故意催促：「快！打九九九！」

「這個，得先請示一下。」年輕的女子又托一托眼鏡，轉身離開。果然，她捎回從未出現過的，某人的指令：「由得牠吧，讓牠自己走。」

就在這時，貓趁機逃跑了。他大概聽懂了我們的對話。

貓既走了，當然也就沒我的事了。我不知道他們是否知道我其實是同事，還是當我是外來的動物保護團體的義工。反正，從頭到尾，沒有人跟我說一聲「謝謝」，也沒有人給我一個笑容。他們考慮的是「見報」：不是好消息，就一律是醜聞。

我知道，因為我也是這裡的一分子。

貓安全了，實驗室的人散開了，我可以回家了，事情好像解決了。在這之後，我再也沒有見過這隻貓。

數年後的某天，學生會的成員透過臉書聯絡我，說校園地盤裡有貓，有外來的人晚上來餵飼。學生轉述地盤工友的話：他們不介意有貓，但餵貓者自行搬開欄杆，進入地盤範圍，他們負不起這個責任。

我已忘記當時給出甚麼意見或建議——大概沒甚麼具體幫助的。後來，學生會成員與餵貓者自行解決了事情。間中，我在臉書上看見這位同學對學校政策、社會議題的關注與疑問。我想，這個夏天他必是忙碌不已，也難過不已。

這個夏天有人以死明志。這個夏天有人下落不明。這個夏天我們在瘋狂中學會偽裝正常；上班的照樣上班，上課的照樣上課。這

個夏天某些生命悄然而逝；我見過一隻在催淚煙中殞落的蝴蝶，一隻被流彈擊中的、倒在血泊中的斑鳩。他們的死上不了報紙頭條，卻總是留在某些人的記憶裡。

我猜，校園還是有貓的。他們有沒有吸進硝煙與毒氣，我無從知曉。以前貓家族藏身的花圃，現在已變成莫名其妙的玻璃屋；現代、新潮、冰冷。這個城市天天進步。這個城市日漸枯萎。

我亦然。我所遇見的人亦然。只有貓，來了又去，去了又來。

我朝著比我年輕的朋友的方向走去。一身黑衣的她戴著口罩，獨自從另一邊走來，像一隻深色的沿高牆頂走來的貓，旁邊佈滿生鏽的長滿尖刺的鐵絲。

情與理
動物與人的相遇

　　2005年8月，當颶風Katrina吹襲美國時，有當地居民選擇不疏散，因為他們不忍心留下他們的朋友（貓與狗）獨自生活（當時的救援行動是先救人，後救動物）。我問內子：「你會留下與貓狗一起還是選擇與我們疏散？」她毫不疑惑，便說：「我會留下。你們可以彼此照顧，但貓狗們就不可以了。」

　　2009年6月，一位朋友對一隻剛出世不久而被遺棄的小貓動了慈心，將他帶回家。奈何，他妻子反對。就這樣，這小貓便到了我家暫住。內子和對責任心不明白的女兒們很喜歡他，家中的大狗和小魚也沒有反對。沒有表態的我也不需就他的去留表態。

　　這兩件不同的事使我與動物建立了一份很複雜的關係。一方面，動物可能會令我失去內子（當然，我也可能會選擇留下與動物共存）；另一方面，我的家成為被遺棄動物之家。這兩件不同的事卻有一個共同的主題，就是同情。留下照顧動物是因情，讓動物留下也是因情。這份情是否只是因一時衝動？或同情是否可以成為倫理基礎？

同情在倫理學上並不佔很高地位（尤其在啟蒙運動後），因為同情太個人、太情緒和太容易改變了。雖然同情可以成為人偏見的基礎，但它也可以是一種對人理性的顛覆力量。可惜的是，我們社會卻傾向從科學性、思辯性和普遍原則等等看事物，不但因為這代表客觀，更因為這易於控制（傅柯的論點）。在理性主義主導下，我們的世界變得冰冷、僵硬和官僚。結果，我們失去能力，也沒有時間去接觸一個非以理性為主的世界，與它建立關係。這非以理性的世界不是一個不理性世界，而是一個要求我們用心去接觸的世界。在本文，這非以理性為主導的世界是一個動物世界。或許，有人質疑我對當下世界的批評，因為現代人也養寵物。但問題是，他們是寵物，而不是動物。

為了要維護一個非以理性為主的世界的合理性，其中的支持者嘗試提出物種主義（speciecism）為動物伸冤。簡單來說，物種主義認為因對人這物種給予有不成比例的道德價值，人就很自然地比其他物種更有價值。這對一個以人為核心的社會絕對是一個很嚴厲的批判，但物種主義不足以建立對非人的物種之尊重，因為建議者傾向從性別歧視和種族歧視等思維來理解物種主義。結果是，物種主義是基於物種的相似性，而不是不同性。相反，我認為公義是對不同有不同對待，而不是一視同仁。只有如此，不同才不會需要同化，反而可按他們的不同繼續生活。另一方面，不同使那些弱勢的不同者可以獲得額外體恤，而這體恤是基於對差異的尊重。然而，一個

不懂用情去接觸世界的人會選擇對不同者歧視和壓迫,不但因為他不明白差異,也因為他沒有空間被改變。

　　情不是對立於理,而是理不必然是唯一和最後。當要為動物權利找出其合法性時(例如,他們是否可以說話或是否可以理性思考),同則以動物可經驗痛與苦作為基礎。我們不排除後者理解可能仍是人的同情投射在動物身上,而非真是與動物自己的情說話。然而,當看見被遺下的貓狗而變得很孤僻和沒有安全感的樣子時,他們真的感受到苦。又當看見自由貓狗被捉拿和驅逐時,他們的慌張是真實的。情的倫理不是要求我們殺動物時要快要準,而是要求我們拒絕用動物做醫療實驗和非醫療測試,甚至考慮不吃肉。此刻,我明白,也接受內子選擇留下照顧貓狗的決定。她對貓狗的情也是貓狗對她的情,而這情可以走出理性之外。

　　婉雯的書就是一本有關與貓談情的書。其中,我體驗一種非以理性為基礎的情,所以,婉雯可以很輕鬆地放下步伐去接觸他們、很自然地與他們建立友誼、很投入地為他們伸冤,並很尊重地維護他們的自耕地。

龔立人
香港中文大學崇基學院神學院副教授
2009年6月18日